AF220197

# Die Iden des Jumi

von Ute Marion Wilkesmann

# Die Iden des Jumi

## Ein archälogischer Bestseller

von Ute Marion Wilkesmann

Bibliografische Information der Deutschen Nationalbibliothek:
Die Deutsche Nationalbibliothek verzeichnet diese
Publikation in der Deutschen Nationalbibliografie;
detaillierte bibliografische Daten sind im Internet über
dnb.dnb.de abrufbar.

Herstellung und Verlag:
BoD – Books on Demand, Norderstedt

ISBN: 978-3-7578-1454-0

# Inhaltsverzeichnis

Prolog 7

Jumi? Wer oder was ist das? 9

Quersumme 11

Namen 14

Das Kind Emma 16

Linguistische Forschung 22

Archäologie 25

Mehr zur Archäologie I 30

Archäologie II – Minipelogie 34

Alpha Centauri I 43

Archäologie III – Sechtarismologie (Sektenkunde) 48

Alpha Centauri IV 52

Archäologie IV – Axiologologie 56

Das Tagebuch – ein Auszug, Teil I 61

Die Kiste I 69

Mein Wissen vom Jumi I 74

Das Tagebuch – ein Auszug, Teil II 76

Linguistische Forschung II 85

Das Tagebuch – ein Auszug, Teil III 91

Die Entführung der kleinen Emma 95

Archäologie V – Bergologie 99

Mittelwort 105

Linguistische Forschung III 111

Leserbriefe 117

Forensische Regionallinguistik 126

Rezensionen 133

Die Kiste II 152

Die Kistenkonferenz 161

Nachwort – Bitte an die Leser 170

Meine Bücher bisher 173

Stichwortverzeichnis 175

# Prolog

Die Doktorandin steht am Schreibtisch der Professorin. Die Professorin schaut hoch: „Was kann ich für Sie tun? Haben Sie die Korrekturfahnen gegengelesen?" Doktorandin: „Ja, habe ich, und ich habe jetzt beim elften Durchgang nicht mehr viele Fehler gefunden. Allerdings habe ich gesehen, dass Sie den Titel geändert haben." Die Professorin blickt ihre Studentin gelangweilt an: „Ja, und?"

„Nun, da steht jetzt *Die Iden des Jumi.* Aber das geht doch nicht!" – „Wieso soll das nicht gehen? Der Klang des Titels ist vorzüglich."

„Aber im Buch kommen gar keine ‚Iden' vor. Ich meine, *Iden des Jumi* ist doch eine klare Anspielung auf die *Iden des März.* Dieser Ausdruck steht seit mehr als zweitausend Jahren konsequent für das Ende einer tyrannischen Herrschaft. Dieses Datum, nämlich der 15. März 44 v. Chr., bezeichnet den Tag des Mordanschlags auf den Diktator Julius Caesar. Er wurde auf dem Höhepunkt seiner Macht von zahlreichen Senatsmitgliedern umgebracht. Vorher war er noch vor den Iden, der Monatsmitte, gewarnt worden. Im Buch steht doch nichts, was dazu passt!"

„Ereifern Sie sich bitte nicht so. Oder anders: Welchen Titel würden Sie denn vorschlagen?"

Die Doktorandin hat sofort etwas parat: „Der Jumi: der verlorene Monat im Lichte archäologischer regionaler, nationaler und internationaler Erkenntnisse auf der Grundlage von sechs Steinplatten". Die Professorin seufzt: „Wer glauben Sie denn, wird ein Buch mit solch einem vor Langweile triefenden Titel kaufen? Mit Ausnahme vielleicht von ein paar besonders interessierten Kollegen. Ja, jetzt gucken Sie kleinlaut. Niemand kauft das. Aber die *Iden des Jumi* – da springen doch alle Intellektuellen drauf an, die etwas auf ihre Bildung halten. Dann kommt das Buch in die Bestsellerlisten, und dann wird es wieder von Menschen gekauft, die alles lesen, was in diesen Listen oben steht. Es wird auch mit Sicherheit ein paar kluge Rezensenten geben, die diesen Titel im Werk widergespiegelt sehen. Statt zehn Exemplaren – drei für Kollegen, je eins für uns beide und fünf für die Bibliothek – verkaufen wir Tausende!"

„Mag sein, dass wir so mehr verkaufen. Aber erstens ist es eine Vortäuschung falscher Tatsachen, und zweitens ist es wissenschaftlich unsauber."

Die Professorin seufzt erneut. „Warten Sie ab, wenn Sie die erste Überweisung auf Ihrem Konto sehen. Dann werden Sie Ihre Skrupel schnell vergessen!"

Die Doktorandin dreht sich um und geht. An der Tür murmelt sie, nahezu unverständlich: „Schön wär's. Wie immer sammeln Sie die Lorbeeren und den Großteil des Erlöses ein. Und ich muss weiter katzbuckeln."

## Jumi? Wer oder was ist das?

Es gibt Wörter, die man nicht nennen darf. Im Moment fallen da allen, die darauf angesprochen werden, N-Wort und Z-Wort ein. Und jeder weiß: Das N-Wort verwenden wir nicht mehr, und hier sind nicht Nebel, November oder Neandertaler gemeint. Ähnliches gilt für das Z-Wort, seine Bedeutung ist noch bekannt. Eines Tages werden die Menschen rätselnd vor einem Text sitzen und lesen: „Das N-Wort wurde fälschlicherweise von der Außenministerin verwendet.". Sie wissen aber nicht, was denn das N-Wort war. Wollte die Frau den Nagellack aus ihrem Leben verbannen?

N-Wort und Z-Wort werden eines Tages nicht mehr Teil des Wortschatzes sein. Dann braucht man auch den Ausdruck ‚N-Wort' nicht mehr. Und jetzt komme ich zum springenden Punkt: So war das auch mit dem Jumi. Es begann damit, dass er zum J-Wort wurde. Als der Jumi dann endlich vergessen war, entfiel die Notwendigkeit für die Bezeichnung ‚J-Wort'. Übrigens: J-Wort kann jetzt etwas Neuem zugeordnet werden.

Die Forschungsfrage dieses Kapitels ist damit keineswegs beantwortet. Das kommt später. Erst einmal üben wir ein wenig zusammen. Bitte schreiben Sie neben das Wort immer die ursprüngliche Bedeutung:

| | |
|---|---|
| A-Wort | N-Wort |
| B-Wort | O-Wort |
| C-Wort | P-Wort |
| D-Wort | Q-Wort |
| E-Wort | R-Wort |
| F-Wort | S-Wort |
| G-Wort | T-Wort |
| H-Wort | U-Wort |
| I-Wort | V-Wort |
| J-Wort | W-Wort |
| K-Wort | X-Wort |
| L-Wort | Y-Wort |
| M-Wort | Z-Wort |

Ein paar Beispiele gebe ich vor: A-Wort = Arschloch, E-Wort = Eskimo (heute: Inuit), F-Wort = Frau (heute Gebärmaschine), I-Wort = Indianer (heute indigene Bevölkerung von Amerika) und so weiter.

Interessant ist das A-Wort. Das ist heutzutage obsolet, sprich: veraltet. Wer meidet heute noch das Wort ,Arschloch' und sagt stattdessen ,A-Wort'? Die Zeiten sind vorbei.

Wir wissen, dass Eskimos Inuit sind. Aber noch gibt es die Bezeichnung E-Wort nicht. Das wird sich bestimmt bald ändern. Genau wie die Indianer. Noch drei Karl-May-Aufschreie, und wir sehen in der Besetzungsliste der Karl-May-Festspiele in Bad Segeberg: Natschinu, Häuptling der I-Wort.

Sollte der Platz oben nicht reichen, weil vielleicht deine Handschrift zu groß ist, um mit dem Zeilenabstand zurechtzukommen, darfst du die Liste solange vergrößern, bis der Abstand reicht. Ich erhebe keinen Anspruch auf Copyright.

In diesem Buch benutze ich auf den ersten Seiten das programmierte Lernen. Das heißt, ab und zu stelle ich euch eine ‚Testfrage'. Je nach eurer Antwort werdet ihr weitergeleitet.

## Testfrage
Habt ihr alle Plätze für -Wörter ausfüllen können?
## Testantwort
Ja? Das ist wunderbar, weiter geht's im Text.
Nein? Sorry, dann bitte nochmal vorn anfangen.

Bevor wir in die Historie einsteigen, hier noch ein paar linguistische Feinheiten.
Jumi – Jimu – Miju – Muji.
Langes u, mittellanges i.
Imuj – Umij – Ujim – Ijum.
Ijul. Ijun.

## Quersumme
Was ist die Quersumme von Jumi? Einfache Frage, einfache Antwort: Es ist eine Primzahl, die 53. Die Quersumme von 53 wiederum ist 8. Jetzt kann man sich streiten, ob die echte richtige Zahl 53 oder 8 ist.

Im Bus Linie 310 entspinnt sich darüber ein Streitgespräch:

A = ein Mann, Mitte fünfzig. Graue Strähnen durchziehen seinen dunklen Schopf. Seine Augen sind hell hellgrau. Aus der Parkertasche lugt eine Zigarettenschachtel der Marke Rauchegern. Bei näherer Betrachtung erkennt man, dass diese Markenbezeichnung auf einem weißen Streifen mit Filzstift notiert wurde. Dieser weiße Papierstreifen ist mit billigem Klebstoff auf die Packung geklebt, sodass die Ecken sich schon langsam hochbiegen. Er hält lässig ein Smartphone in der Hand, die Marke kann man nicht erkennen. Ab und zu wirft er einen Blick darauf.

B = eine Frau, Anfang dreißig. Straff zurückgekämmte blonde Haare, vermutlich gefärbt, auch wenn kein dunkler Ansatz zu sehen ist. Blassblaue Augen. Sie hält ihren Rucksack so auf dem Schoß fest, wie das sonst nur ältere Damen mit ihren Handtaschen tun. Ihre Kleidung ist dezent mit einem Touch Eleganz. Nur die Schuhe heben sich davon ab: Sie sind klobig, offenbar einem Katalog für Bequemschuhe entflohen. Sie reichen bis zum Knöchel und sind aus weichem Elchleder. A sitzt neben B.

A murmelt vor sich hin: „Quersumme .... ist ...., ja, schließlich 8."

B: „Auf keinen Fall. Es ist 53."

A: „Woher wollen Sie das denn wissen?"

B: „Ich kenne mich mit Quersummen aus."

A: „Ach ja, und woher wollen Sie jetzt wissen, woraus ich die Quersumme errechnet habe?"

B triumphiert: „Sie haben die Buchstaben des Wortes Muji im Zahlenwert addiert, und davon die Quersumme genommen."

A: „Stimmt. Na und?"

B: „Das ist nicht erlaubt!" Sie stampft mit dem rechten Elchschuh-Fuß auf den Boden.

A: „Blödsinn. In Ihrem Alter wissen Sie doch nichts über Quersummen."

B: „Pöh. Sie haben keine Ahnung!"

A verdreht die Augen: „Ihre Haare sind gefärbt, Sie tragen Kontaktlinsen und Einlagen in den Schuhen. Also alles Fake."

B öffnet ihren Rucksack, entnimmt ihm eine Packung Gummibärchen und bietet den Umsitzenden freundlich die Tüte an. Nur zu A dreht sie sich nicht um.

A: „Sie versuchen, Stimmung gegen mich zu machen. Ziemlich billiger Trick. Sie sind bestimmt Lehrerin."

B: „Und Sie haben Vorurteile. Sie sind bemitleidenswert." Sie steckt die fast leere Gummibärchentüte wieder in den Rucksack und verschließt ihn, wobei sie durch die Zähne pfeift.

A: „Und es ist 8!"

B: „53!"

Hinter den beiden sitzt ein älterer Herr. Gediegen gekleidet, in dezenten Beige- und Brauntönen. Er trägt eine Brille mit Goldrand. Auf seinem Mantel ist ein hellgrüner Stoffaufkleber festgenäht. Darauf steht *Senior*. Er beugt sich nach vorne zu den beiden Streithähnen bzw. dem Streithahn und dem Streithuhn und lächelt.

Senior: „Also wenn Sie Ihre Zahl wirklich berechnen wollen, kommen Sie auf 86. Sonst können sie ihn doch nicht vom Juni und Juli unterscheiden."

A guckt betreten zur Seite. „Alte weiße Männer, immer dasselbe."

B giftet den Senior an: „Sie haben ja Komplexe, weil Sie schon kein produktives Mitglied der Gesellschaft mehr sind. Was soll das Ganze?"

Ein kleiner Junge, der zwei Bänke weiter hinten neben seiner Mutter sitzt, lutscht an einem Lolli. Seine recht gewichtige Mutter nickt ihm aufmunternd zu, ihre kastanienbraunen Locken wippen mit. Der Junge schüttelt den Kopf und flüstert seiner Mutter was ins Ohr.

B ruft: „Das habe ich gehört! Ihr vorlauter Junge hat Jumau gesagt!"

## Namen

Namen sind Schall und Rauch, auch ohne Schmauch. Wer seinen Namen verschallt und verraucht, muss also keine Sorge haben, dass dieser Vorgang Schmauchspuren hinter den Ohren oder auf dem Hinterkopf hinterlässt.

Der Jumi zeichnet sich u. a. dadurch aus, dass Eltern von in diesem Monat Geborenen in der Namensgebung festgelegt sind. Das ist eine alte Tradition. Den schon früh angekündigten Ausblick auf die Historie des Jumis habe ich übrigens nicht vergessen. Aber alles hat seinen Platz in diesem Buch.

Geeignete Mädchennamen im Jumi sind: Umrike, Brumihilde, Ajumate, Jumina, Numole, Jumera, Sieguminde, Jumanne, Jumika und Umily. Für Jungennamen gilt: Umirich, Sumifried, Erumi, Manjumid, Artumi, Jumig, Mumtin, Jömau, Jumas, Walumiar.

In Jahren, in denen in diesem verschollenen Monat mehr als zehn Mädchen oder zehn Jungen geboren werden, dürfen Eltern nach einem Test selbst Namen wählen. Der Test überprüft, ob sie das System der Jumi-Namen durchschaut haben. Für jedes Geschlecht müssen die Eltern fünf neue Beispiele geben, die nicht in der Pflichtliste erfasst sind. Ihren Lieblingsnamen dürfen sie mit einem kleinen rosafarbenen oder hellblauen Häkchen markieren.

An dieser Stelle sind die Leser angesprochen, die sich fragen sollen, ob sie überhaupt mitbekommen, welche Bedeutung dieser Monat einmal hatte und wieder bekommen sollte.

## Testaufgabe:

Finden Sie drei weibliche und drei männliche Vornamen, die sich für den Jumi eignen.

Testlösung:
Haben Sie die Aufgabe geschafft?
Ja – Sie dürfen weiterlesen.
Nein – Sie müssen dreizehn weitere Namen finden und damit die Testaufgabe erneut durchlaufen.

Versuchen Sie, zur Lösung der Aufgabe bitte nicht zu schummeln. Beauftragen Sie damit daher keine Suchmaschine, KI oder Wikipedia. Der Jumi ist bereits so lange verschollen, dass Sie Ihr eigenes Gehirn benutzen müssen. Sonst kommen Sie noch darauf, dass der Jumi ein zarter Ziegenkäse aus silofreier Milch ist, der im Emmental hergestellt wird. Diese Ziegenkäse sind nichts weiter als billige Betrüger, die glauben, jetzt wieder ins Rampenlicht zu rücken, wo der Jumi wissenschaftlich vorgestellt, erforscht und beschrieben wird.

## Das Kind Emma

Emma geht ins zweite Schuljahr. Eines Montags kommt sie wie immer nach der vierten Stunde heim. Sie begibt sich sofort an ihre Hausaufgaben. Derweil schiebt die Mutter zwei Fertiglasagnen, zwei Spinatkartoffelgratins und eine Salamipizza in den Heißluftofen und erhitzt sie. Pünktlich um 13 Uhr stellt sie die heißen Speisen auf den Tisch. Sie schaut in die Kamera und sagt: „Ich bin gern Hausfrau! Ich gehe wirklich auf in dieser Tätigkeit." Dann drückt sie auf

*Absenden.* Dabei schiebt sie unmerklich, wie sie meint, mit dem Fuß ein paar Kuscheltiere unter den Tisch.

Die Familie trudelt ein. Emma schnappt sich sofort die Salamipizza.

„Emma!", sagt ihre Mutter vorwurfsvoll, „Die Pizza ist für Papa!"

Emma reißt sich unbeeindruckt ein Stück aus der Pizza und beginnt sie zu verschlingen. Ihre Mutter wirft dem Vater einen hilflosen Blick zu. Er sieht verstört aus. Er nimmt sein Handy in die Hand, drückt auf den Button ‚Aufnahme': „Was mache ich, wenn mir meine Tochter mein Essen wegnimmt, obwohl sie genau weiß, dass ich sonst von dem Krempel nichts mag? Ihr werdet gleich sehen, wie ich das hinkriege."

Mit der rechten Hand hält er das Handy hoch, sodass er seine jüngste Tochter im Blick hat.

„Sag mal, Emma, ist in der Schule irgendwas Besonderes passiert?"

Emma guckt hoch. Sie will gerade etwas erzählen, da herrscht ihre ältere Schwester Nadine sie an: „Ey, mit vollem Mund spricht man nicht!" – „Tut man doch, zumindest macht Papa das immer, wenn er Pizza isst." Während die beiden sich streiten, reißt sich der Familienvater ein großes Stück aus seiner Pizza. Siegesgewiss strahlt er mit vollem Mund in die Kamera, drückt auf den Auslöser und sendet das Video ab.

Emma bemerkt die fehlende Ecke ihrer Pizza, lässt von Nadine ab und beginnt lauthals zu jammern. Ihre Mutter hat die erste Lasagne aufgegessen und macht sich an einen Spinatkartoffelauflauf. Gleichzeitig füttert sie die beiden Zwillinge Markus und Helge mit Lasagnestückchen. Schließlich hat sie keine Lust mehr, die Kleinen zu füttern, und schiebt ihnen die Lasagne hin. Die beiden patschen begeistert in die Nudelmasse. Nadine, die erst zwei Löffel von ihrem Auflauf gegessen hat, springt auf. „Das ist ja voll eklig hier, ich habe keinen Hunger mehr! Außerdem, Mama, was ist das für ein schrottiger Fertigmist, den würde man ja keinem Hund vorsetzen!" Dann läuft sie raus.

Die Mutter nimmt kurzerhand den Auflauf und geht nach draußen. Dort sitzt Kuno, der Hausdackel. „Hier, zeig Nadine, wie lecker das ist!", dabei schmeißt sie ihm die Alupackung vor die Nase. Kuno schnüffelt daran, probiert einen Happen und läuft, ohne zu zögern, rasch zu einem Strauch neben dem Eingang. Erst spuckt er alles aus, dann zuckt er am ganzen Körper und fällt um. Das hat die Mutter nicht mehr gesehen, sie sitzt schon wieder am Esstisch.

„Zeit für Nachtisch!", ruft Papa. Die Kinder sind begeistert und schieben die Essensreste in den Eimer mit der Aufschrift *Kompost*. Papa holt dreizehn Eispäckchen verschiedener Geschmacksrichtungen aus dem Tiefkühlfach und wirft sie auf den Tisch. Es beginnt ein kleiner Streit, weil alle das Orangencreme-eis mit der Mandelschokohülle haben wollen. Papa ist der Sieger und genießt sein Eis. Emma und die Zwillinge heulen, weil sie verloren haben. „Immer kriegt Papa das beste, ich hasse ihn!", ruft Emma.

„Ach, Emma, lass mich doch auch mal gewinnen. Du wolltest doch von der Schule erzählen." Nadine kommt wieder rein und nimmt sich ein Himbeereis.

„Ja, also, in der Schule, da haben wir zwei Neue. Das sind auch Zwillinge. Aber ein Junge und ein Mädchen."

„Und wie heißen die?", erkundigt sich Mama.

„Jumannes und Jumiane", antwortet Emma und fährt fort: „Und sie kommen von Alpha Centauri, ihr Raumschiff haben sie in einem Versteck gelassen."

Nadine lacht höhnisch.

Emma: „Was lachst du so blöde?" – „Das ist doch gelogen, ganz offensichtlich. Meine Güte, du glaubst auch allen Mist!" – „Was soll daran gelogen sein?" – „Ich bitte dich. Wer heißt denn als Junge Jumannes? Das ist einfach lachhaft." – „Aber Jumiane findest du wohl okay, oder ist das auch gelogen?" – Nadine lächelt überlegen. „Natürlich nicht. Das ist ganz klar ein Mädchen, das im Jumi geboren wurde." Mit diesen Worten nimmt sie sich das zweite Himbeereis, das leicht vertropft in der Mitte des Tisches liegt, und verlässt das Zimmer wieder. Sie dreht sich noch mal um und ruft: „Emma, echt, Jumannes, du bist zu blöde für diese Welt!" – Emma streckt ihr die Zunge raus. Ihr Vater herrscht sie an: „Bitte! Du sollst nicht immer deine Zunge rausstrecken. Vor allem beim Essen ist das unappetitlich."

„Wo ist eigentlich Kuno?", fragt plötzlich die Mutter. Alle drehen den Kopf und rufen: „Kunooooo", aber kein Schwanz wedelt, niemand bellt. Markus wirft sein Eis auf den Tisch und düst nach draußen. Er sieht Kuno unter dem Strauch liegen, läuft hin und tritt ihn mit dem Fuß. Kuno reagiert nicht. Markus schüttelt den Hundekörper, aber nichts passiert. Der Junge begreift langsam, dass sein kleiner Liebling tot ist. Er reißt den Mund auf, bis sein Gesicht eine große rote Öffnung ist, und schreit und heult.

Der Vater kommt rausgelaufen, zieht Markus den toten Hund aus den Armen. „Du darfst keine toten Tiere anfassen, das ist giftig." – Markus schluchzt: „Ohne Kuno will ich auch nicht mehr leben!" Helge hört das und nimmt sich hoffnungsfroh das letzte Eis. Wenn Markus nicht mehr lebt, will er sicher kein Eis mehr.

Papa inspiziert den Hund und sagt mit Kennerblick: „Der hat keine äußeren Verletzungen. Den hat bestimmt jemand vergiftet." Markus schreit: „Das war bestimmt die doofe Frau nebenan", läuft rüber und wirft einen Stein in ihr Fenster. Papa seufzt. Die Nachbarin wird wieder nicht verstehen, dass hier die Not des Jungen spricht, es quasi ein Hilfeschrei ist.

Aber sie wird wie immer behaupten, die Jungen – seine Jungen – seien völlig unerzogen. Das Leben als Vater ist schwer.

Emma hat sich zurückgezogen. Sie mochte Kuno nicht besonders. Markus' Heulen dringt bis zu ihrem Schreibtisch. Sie schließt das Fenster. Sie wird morgen mal Jumannes fragen, ob es denn auf Alpha Centauri (α Cen) mehr Monate gibt. Weil er ja im Jumi geboren ist.

Und so spricht sie den neuen Mitschüler in der großen Pause an. Sie hatte sich über Nacht etwas anderes überlegt. Sie fragt Jumannes: „Sag mal, wenn du vielleicht bald nach Alpha Centauri zurückfliegst, kannst du mich da mitnehmen? Zu Hause kriege ich nie eine Salamipizza für mich allein."

Jumannes schüttelt den Kopf: „Nee, sorry, du. Ich will da nicht hin zurück. Die haben da noch den Jumi, das heißt: Geburtstag nur alle 13 Monate. Da kannst du dir selbst ausrechnen, dass innerhalb von 13 Jahren ein ganzer Geburtstag ausfällt."

Emma überlegt und versucht, das nachzurechnen. Es gelingt ihr aber nicht. Sie ist maßlos enttäuscht. Jumannes sieht das und tröstete sie: „Wünsch dir doch einfach zum nächsten Geburtstag eine Salamipizza nur für dich!" – „Du kennst meine Familie nicht. Die reißen mir die einfach weg." – „Okay, in drei Jahren bin ich hier mit der Schule durch und fange eine Lehre als Werkzeugmechaniker an. Dann lade ich dich von

meinem ersten Gehalt zu einer Salamipizza ein." –
„Echt?" – Jumannes nickt: „Großes Ehrenwort!"

Emma ist erst einmal beruhigt. Aber die Idee mit
der Reise hat sie sich noch nicht aus dem Kopf
geschlagen.

## Linguistische Forschung

Schaut man sich Wörter im Laufe ihrer Geschichte an,
so kann man daraus lehrreiche Schlüsse ziehen. Was
bedeuteten sie früher? Wurden sie aus einer anderen
Sprache entlehnt, entweder mit oder ohne Bedeu-
tungsveränderung?

Bei der Untersuchung der Kalendernamen fallen
drei aufgrund ihrer ähnlichen Struktur ins Auge: Juni,
Jumi und Juli. Zwei Silben, keine Doppelbuchstaben
in den Silben. Lesen wir sie doch mehrmals laut vor.
Dann wird es klar: Im Gegensatz zu Januar, Februar,
März, April, Mai, August, September, Oktober,
November und Dezember haben diese drei einen
anderen, fast mythischen Klang. Wer ein bisschen
Sinn für Fremdsprachen hat, wird nicht lange suchen
müssen: Juni, Jumi und Juli inklusive ihrer Ersatz-
namen Juno, Jumau und Julei klingen zweifelsfrei
chinesisch.

Um mehr zu erfahren, wandte mich daher an den
bekannten Sinologen Prof. Dr. Hans-Walter Ritter-
Schmetterbach. Meine folgenden Ausführungen basie-

ren auf seinen Hinweisen. Ich danke dem Professor von tiefstem Herzen!

Die gemeinsame erste Silbe *Ju* trägt im Chinesischen die Bedeutung ‚entsprechend'. *Mi* steht für Reis, *Li* für Pflaume und *Ni* für du. Somit können wir übersetzen: Ju-Ni = entsprechend dir. Im übertragenen Sinne steht das für deinetwegen. Der Monat Ju-Ni ist im klassischen Sinne also der deinetwegen-Monat. Du kannst alle Schuld, die du mit dir herumträgst, somit auf dein Gegenüber übertragen. Telefon verloren? Da kannst du nichts dafür, ‚du' hat dich abgelenkt (als Beispiel).

Ju-Mi bedeutet wörtlich ‚dem Reis entsprechend'. Auch hier müssen wir den Wortsinn hinterfragen und forschen. Die Interpretation ‚wir sollen im Ju-Mi ständig Reis essen oder Reistage einlegen' wäre zu simpel. Obwohl es, das sei hier nicht verschwiegen, Historiker gibt, die davon überzeugt sind, dass ihre Fundstücke dies einwandfrei belegen. Es bedeutet vielmehr, und das beweisen alte chinesische Schriften eindeutig: „Sieh dich selbst als Reiskorn und erkenne deine Unwichtigkeit. So wie ein Reiskorn im 25-kg-Sack keine Identität und nichts zu sagen hat, sei dir in diesem Monat gegenwärtig, was für eine austauschbare Gestalt du bist."

Der Ju-Li warnt mit der Bedeutung ‚entsprechend der Pflaume' davor, Pflaumen zu früh zu ernten. Sie werden ja im Herbst erst reifen. Übertragen bedeutet es, dass wir Menschen uns vor allem im Ju-Li davor hüten sollten, alles unfertig zu lassen, zu hastig zu sein. „Warte bis die Pflaumen reif sind, dann schmecken sie köstlich. Warte daher mit deinen Entscheidungen, bis sie gereift sind, dann werden sie dir Verzückung und Genuss bringen." Die Bedeutung der beiden Silben zusammen verstärkt dies noch: Ju-Li bedeutet Distanz. Distanz zwischen Unfertigkeit und vollendeter Reife.

Die Unterscheidungsnamen dieser drei Monate haben eine eigene Bedeutung. Sie sind quasi für den Monat das, was in der Astrologie der Aszendent ist. Er gibt dem Monat einen Beigeschmack.

Da ist der Ju-No. No ist ein ausdrucksstarkes und laut herausgeschrienes „NEIN!", nicht nur im Chinesischen Kombinieren wir das mit der Bedeutung der Schuldzuweisung, wird diese verstärkt. Der andere ist schuld, es ist deine Schuld, aber ich? NEIN, NEIN, NEIN, ich bin nicht schuld.

Für das Ju-Mau reicht das Chinesische nicht aus. Es hat Jahrzehnte gedauert, so Ritter-Schmetterbach, bis jemand – nämlich er selbst – entdeckte, dass *mau* nicht aus dem Chinesischen, sondern aus dem Hawaiianischen stammt. Dort bedeutet es ‚stets'. Es verstärkt nochmals die Bedeutung des Ju-Mi insoweit, dass man selbst nicht nur unbedeutend und austauschbar ist wie ein Reiskorn, sondern dass sich das auch nie ändern wird. Ein Reiskorn bleibt ein Reiskorn, egal ob an der Pflanze, im Sack, im Topf oder auf dem Teller.

Auch der dritte Monat erfährt durch seine Zweitbedeutung eine Verstärkung. Wer den Film bzw. die Serie *Shogun* gesehen hat, weiß, dass die Portugiesen bis nach Japan vorgedrungen sind. Vorher waren sie, was nicht überall bekannt ist, in China und haben dort ihre Gesetzbücher verkauft. Lei wie in Ju-Lei ist nichts anderes als das portugiesische Wort für Gesetz. Es ist also ein Gesetz, dass zwischen Unfruchtbarkeit und Reife eine messbare Distanz liegt.

Diese sprachlichen Erkenntnisse lassen einen weiteren höchst wichtigen Schluss zu: Im alten China war der Monat Jumi noch ein Begriff und nicht vergessen. Die ältesten bisher gefundenen chinesischen Schriftzeichen sind in Rinderknochen und Schildkrötenpanzer eingeritzte Bildzeichen aus der Zeit um 1400 v. Chr.

Langsam ergibt sich somit ein historisches Bild des Jumi: Etwa 1500 Jahre vor unserer Zeitrechnung war er bekannt. Ob er zu dieser Zeit noch praktiziert wurde, ist eine Frage, die andere Wissenschaftler klären müssen.

## Archäologie

Wann wurde der Jumi aus dem menschlichen Gedächtnis gestrichen?

Der Jumi ist ein äußerst Lebensfreude verbreitender, heiterer und gesunder Monat. Bisher wurde zugegebenermaßen kein einziger Grabstein mit einem Todesdatum entdeckt, das in diesen Monat fällt. Und ich wette mit euch: Wer die Sterberegister selbst in den ältesten Kirchen durchstöbert, wird kein entsprechendes Datum finden. Warum Schwangere diesen Monat zur Geburt vermieden haben und wie sie das vor allem geschafft haben, ist nicht bekannt. Eine Begründung könnte sein, dass der Jumi vor der Dokumentation von Geburts- und Sterbedaten bereits verstorben war.

Um solche brisante Themen aufzuklären, bietet sich die Archäologie an. Aber was ist das denn überhaupt?

Das Wort *Archäologie* kommt aus dem Altgriechischen und ist eine Zusammensetzung von ‚archaios‘ (alt) und ‚lógos‘ (Lehre), somit Lehre von den Altertümern. Als Wissenschaft bedient sie sich nicht nur naturwissenschaftlicher, sondern auch geisteswissenschaftlicher Methoden, um die kulturelle Entwicklung der Menschheit zu erforschen. Wer mir nicht glaubt, möge das gern in Wikipedia nachlesen.

Aus neuzeitlichen Quellen gibt es einen Hinweis: Bei Ausgrabungen wurden Steinplatten mit amarusischen Schriftzeichen entdeckt. Datiert wurden sie auf etwa 900 v. Chr. Oben am Text taucht das Wort Jumi auf. Gefunden habe ich diesen Hinweis in dem Werk *Iphorismische Short Stories*, verfasst von mir selbst.

Amarusisch ist somit eine Sprache, die vor Christus gesprochen wurde. Wie lässt es sich dann erklären, dass der Namensgeber für diese Bezeichnung, der Pilger und Wohltäter Amarus, im 13. Jahrhundert nach Christus gestorben ist? Es ist unwahrscheinlich, dass er älter als 1400 Jahre wurde. Dies ist ein Rätsel, über das schon manch erfolglose Doktorarbeit geschrieben wurde. Vielleicht möchte sich endlich einmal jemand der Lösung nähern? Wenn sich niemand findet, halte ich es für möglich, dass ich 2030 darüber eine Doktorarbeit schreibe. So ein Doktortitel bringt ja Vorteile.

Eine Statue von Amarus steht immer noch in der Kathedrale in Braga (Portugal). Der Mann war Abt und gleichzeitig Seefahrer, eine Kombination, die wir heute nur selten finden. Außerdem begründete er den *Heiligen Orden zur Umweltverschmutzung*, da ihm eine Vision befahl, auf einer seiner Schiffsfahrten die Ölvorräte ins Meer zu schütten. Laut zuverlässigen Aufzeichnungen wurde er über 300 Jahre alt.

Eines der Pergamente von Amarus ist im Basilischen Dom (Benevia, Spanien) aufbewahrt. Die Legende besagt, dass zwei geölte Jungfrauen ihm an einem warmen Frühlingsabend ein Ständchen brachten. Er bedankte sich überschwänglich und machte sich dann auf eine seiner Reisen. Zwei Wochen später aber erinnerte er sich immer noch an die wohltuende

Atmosphäre dieses Konzerts und verfasste daher ein kleines Dankesschreiben auf Pergament für die beiden Jungfrauen, das er in eine Flasche steckte. Er warf sie ins Meer und rief: „Eres el primer mensaje en una botella" (übersetzt: Du bist die erste Flaschenpost.)

Das könnte stimmen, denn die älteste bekannte Flaschenpost ist einige Jahrhunderte jünger:

Ein Strandspaziergang, eine Dekorationsidee – und dann die Sensation: Als Tonya Illmann durch die Dünen nördlich von Perth wanderte, fand sie halb vergraben im Sand eine alte Flasche, die gut auf ihr Bücherregal passen würde, dachte sie. Aber als sie sie ausschütteln wollte, fiel eine Papierrolle heraus. Die Familie trocknete sie und las in verblasster Schrift auf Deutsch: „Diese Flasche wurde über Bord geworfen am 12. Juni 1886 vom Segelschiff Paula."[*]

Die Flasche von Amarus verhakte sich am Strand von Genua und wurde dort, viele Jahre nach dem Tod der beiden Jungfrauen entdeckt. Als eines der wenigen Dokumente aus seinem Leben sei es hier abgedruckt:

Dankeschön ❤ für diese wertvolle Musik, sie hat mir sehr gutgetan. Wunderschön. Danke          danke          danke          durch mein drittes Auge durfte ich goldene, weiße und lila Töne empfangen. Fantastisch, ihr macht wunderbare und sehr wertvolle Arbeit für die gesamte Christenheit. Danke.

Sprachliche Überbleibsel finden wir in manchen biologischen Bezeichnungen wie Phyllanthus Amarus

---

[*] https://www.deutschlandfunkkultur.de/nach-132-jahren -angespuelt-aelteste-flaschenpost-der-welt-100.html

oder Rhodeus amarus. Aufschlussreich ist für die Sprachwissenschaftler unter uns, dass in ‚Amarus' die Buchstaben der Ersatzbezeichnung Jumau bis auf eine zu vernachlässigende Ausnahme (das ‚j') enthalten sind – a, m und u.

Zu ‚Amarus' liegen deutlich mehr Hinweise vor als zum ‚Jumi', dem eigentlichen Forschungsgegenstand. Ja, es gibt sogar ein Unternehmen namens Amarus GmbH, das am 26. Juni 2020[*] von Manfred Klimmet gegründet wurde. Aussagekräftig ist doch das Gründungsdatum im Juni dem Monat direkt vor Jumi!

> Gegenstand des Unternehmens ist der Im- und Export sowie der Handel und die Vermittlung von Rohstoffen im Bereich Mineralöle und erneuerbare Energien.[**]

Man achte auf die Öle des Abts und die Mineralöle dieser Firma! Und alles hat irgendwo mit dem Jumi zu tun. Die genaueren Zusammenhänge müssen noch in einer archäologisch-historischen Tiefenanalyse aufgedeckt werden.

Die am Anfang des Kapitels gestellte Frage konnten wir bisher nicht beantworten. Als Diskussionsgrundlage werfe ich das Datum 3. Juli 217 v. Chr. in die Mitte.[***]

---

[*]  Möglicherweise auch ein versteckter 5. Jumi 2020.
[**] https://www.northdata.de/AMARUS+GmbH,+Hamburg/HRB + 163218
[***] Wer nicht mehr weiß, welches diese Frage ist, muss bitte das Kapitel noch einmal von vorn lesen.

## Mehr zur Archäologie I

Die Archäologie hat zahlreiche Untergebiete, die alle höchst faszinierend sind. Die wichtigsten darf ich (danke für die Erlaubnis) hier aufführen:

- die Anakalyptologie (die Lehre von der Ausgraberei),
- die Bergologie (Auffinden von Fundstücken),
- die Epitapianaskafesologie (die Lehre der Feldgrabungen),
- die Amathesiergasialogie (die Lehre der Zuordnung),
- die Axiologologie (die Lehre der Auswertung),
- die Imerologia (Kalenderlehre),
- und, nicht zu vergessen, die Minipelogie (die Lehre von den Monaten).

Ein glücklicher Zufall ließ mich indirekt auf eine Kiste mit wichtigen Dokumenten stoßen. Wie das geschehen konnte, beschreibe ich an anderer Stelle.

Da ist einmal die Dissertation von Willi Anecken (1813 – 1843). Sie trägt den Titel *Der Jumi im Lichte der Minipelogie*. Später schrieb er noch diverse Aufsätze und Bücher zum Thema, die ich in einer separaten Literaturliste vorstelle. Da diese Liste umfangreich ist (ich habe sie aus einundzwanzig Literaturdatenbanken zusammengetragen), widme ich ihr einen eigenen Band.

Anecken wurde als dritter Sohn des Ehepaars Johanna Anecken geborene Müller und Rufus

Anecken in Wunselhausen geboren. Rufus Anecken war Maurer und Hobbyarchäologe. Ihm gelang es, am Dom von Wusselei dreiundachtzig denkwürdige Sprüche in die Steine der Dommauern zu kratzen. So wollte er späteren Archäologen die Arbeit erleichtern. Seine beiden älteren Söhne und seine vier Töchter zeigten ein Desinteresse an Archäologie, das bis zum Brechreiz führte. Willi verhielt sich dem Fach gegenüber ebenfalls eher abweisend, bei ihm traten aber keine gesundheitlich bedenklichen Ereignisse auf, wenn sein Vater ihm stundenlang seine Kenntnisse darbot. Willis Mutter Johanna starb, bevor sie einen weiteren Anecken gebären konnte, was ihr Rufus bis zu seinem eigenen Tode nachtrug. Willi besuchte als einziges Aneckenkind eine Schule und war dort mit seiner altklugen Art sehr erfolgreich. Dabei gab er schlicht das Wissen seines Vaters weiter und hoffte, es damit loszuwerden. So war es unausweichlich, dass ihm alle Lehrkräfte eine archäologische Begabung unterstellten. Mit 16 Jahren erhielt er die Matura und wurde an der Universität zu Wusselei für das Fach Archäologie zugelassen.

Dort lernte er seine spätere Frau Agnetha Fragmento kennen, die in der Mensa Suppe austeilte. Zusammen bekamen sie zwölf Kinder, von denen acht schon starben, bevor sie ihren ersten Geburtstag feiern konnten.

Nach nur zwei Jahren Studium konnte Anecken seine Doktorarbeit beginnen. Er benötigte sieben Jahre, um sie fertigzustellen. Er hatte zwar eine Stelle als Assistent bekommen, aber das Gehalt reichte nicht zum Verhungern. So waren seine Frau und seine Kinder, letztere sobald sie die Schulreife erreichten, gezwungen, arbeiten gehen. Seine Promotion wurde ‚satis bene' (na ja ...) benotet. Es wurde gemunkelt, dass er den Doktortitel überhaupt nur erhielt, weil Agnetha nach ihrem Zehn-Stunden-Job in der Mensa im Haushalt des Dekans der philologischen Fakultät putzte. Sie war verhärmt und hustete ständig, was das Mitleid des Dekans erregte. Er versprach ihr, dass Willi nach der Promotion ein Stipendium erhalte, was die schlimmste Not beseitigen sollte.

Mittlerweile war der alte Anecken gestorben und hatte sein kleines Haus seinem Sohn Willi vermacht. Das entzweite die Geschwister, weil die anderen leer ausgingen. Willi zog mit seiner Familie in sein ehemaliges Elternhaus. Ihm war klar, dass er seiner Frau mit diesen zahlreichen Geburten körperlich sehr viel zugemutet hatte. Daher schlug er ihr vor, dass er sich entweder eine Geliebte halten oder mit seinem Stipendium eine Reise ins ferne Afrika antreten würde. Sie hätte ja das Haus und ihre Arbeit, da kämen sie sicher mit dem Geld zurecht. Agnetha überlegte nicht lange und entschied sich für seine Abreise.

Ohne einen zusätzlichen Esser, der sie ständig schwängerte und praktisch nichts zum Lebensunterhalt beitrug, konnte sie sich finanziell deutlich besser über Wasser halten. Nach fünf Jahren machte sie sich mit einer kleinen Näherei selbstständig, fand also mit ihrem Hobby Erfüllung im Beruf. Es war ihr recht, dass Willi nie von seinen Reisen zurückkehrte.

Von Willis weiterem Schicksal ist nicht viel bekannt. Seiner Familie schrieb er nur wenige Briefe, meist um die Weihnachtszeit. Geld legte er keines bei, nur immer ein paar raffinierte optimistische Sprüche. Ferner schickte er seine Arbeiten an seinen Doktorvater in der Annahme, dass dieser sie veröffentlichen würde. Das letzte Lebenszeichen von Anecken ist ein kleiner Artikel mit dem Titel *Über den Zusammenhang zwischen dem Nillauf, der Körperhaltung der Sphinx und dem Mondeinfluss im Jumi.* Danach hörten Familie und Kollegen nichts mehr von ihm. Agnetha ließ ihn daraufhin 1843 für tot erklären.

Willis Doktorvater sammelte alle Schriftwerke, die er mit der Post erhielt, in einer großen Holzkiste. Nachdem Anecken für tot erklärt worden war, packte er diese Kiste in einen geteerten wasserdichten Jutesack, den er samt Inhalt in einer kleinen Zeremonie im Fundersee am Stadtrand von Wusselei versenkte. So blieb dann Aneckens Dissertation sein einziges Werk, das je veröffentlicht wurde. Aufgrund der dort aufbereiteten Thesen über den Jumi wurden alle Exemplare dieser Arbeit am 25. August 1914 vernichtet, als in den Anfangstagen des Ersten Weltkriegs die Universitätsbibliothek der Universität von Wusselei als Vergeltungsmaßnahme gegenüber Angriffen durch die Truppen des deutschen Kaiserreichs niedergebrannt wurde. Die Aktion, die den unwiederbringlichen Verlust vieler mittelalterlicher Handschriften zur Folge hatte, löste Entsetzen in der ganzen Welt aus. Zu den verbrannten Kostbarkeiten zählen auch die letzten Exemplare von Aneckens Doktorarbeit inklusive seiner Promotionsurkunde. In der Kiste des Dekans ruhte durch Wassermassen geschützt jedoch das handschriftliche Manuskript, das Jahrhunderte später erst entdeckt werden sollte.

## Archäologie II – Minipelogie

Früher trugen die Monate andere Namen. Das ist das Ergebnis einer breit angelegten Metastudie des Historikers Tiburtius Heinrich Julius Schleimann (1822 – 1890). Seine Lebenszeit überschneidet sich ein paar Jahre mit der von Willi Anecken. Getroffen haben sich die beiden nie. Anecken soll über Schleimann gesagt haben, er wolle diesen Emporkömmling und Nichtswisser nicht kennenlernen. Schleimann hingegen drückte nur Verachtung einem Historiker gegenüber aus, der nicht aus einer Familie von Historikern stammte.

In seinem Erstlingswerk *Monatsnamen im Lichte neuer Erkenntnisse*[*] beschrieb er äußerst detailliert auf 1254 Seiten, wie unsere Monate früher hießen und warum sie diese Namen trugen. Interessanterweise führt er auch den Jumi auf, obwohl es ihn damals ebenfalls schon nicht mehr gab. Ich gebe hier nur eine Extremkurzfassung.

## Junuari

In diesem Monat wurde das Spiel *World of Warcraft* im Jahr 13.000 v. Chr. erfunden. Die damaligen Menschen spielten mit Knochenstücken, denen sie Namen gaben. Eine der Figuren im Spiel hieß ‚Nuari‘, ein Mönch mit großen Fähigkeiten. Sein Verkaufspreis betrug 30 kleine Knochenstücke oder 15 Gelenke (natürlich nicht von Spielern oder anderen Menschen, sondern von Tieren). Nuari war die begehrteste Figur im ganzen Spiel. Daher durfte der Sieger sich 14 Tage lang ‚Nuari‘ nennen.

## Jubruari

Es ist bekannt, was für ein kalter Monat der Februar aka Jubruari ist. Daher bestellten die Menschen in den Jahren um 13 000 v. Chr. gern ihre warme Kleidung von einem Kleidungsspezialisten in Ostschottland (später Osttimor). Die Firma nannte sich *House of Bruar*. Die Reputation für ihre Produkte erreichte um

---

[*]  Marder-Verlag, 0. Ausgabe 1834.

12 800 v. Chr. den europäischen Kontinent. Das Unternehmen errichtete ein Monopol und schloss mit verschiedenen Stammesfürsten Verträge, dass in den kalten Monaten nur Kleidung aus ihrem Haus erworben werden durfte.

## Juruzice

Der Frühling kündigt sich an. Wie aber leiteten die Menschen in der Frühzeit ihn ein? Die frühesten Zeugnisse von Ackerbau und Viehzucht reichen 10 000 Jahre zurück. Man fand sie in der Region, die das heutige Syrien, den Irak und Iran sowie Teile der Türkei umfasst. Rechnen wir dies zurück, so kommen wir auf das Jahr 8000 v. Chr. Das heißt, es muss schon 5000 Jahre früher Ackerbau und Viehzucht gegeben haben, jedoch blieben uns keine Spuren erhalten. Oder sie sind in weit tieferen Erdschichten verborgen, als sie bis jetzt aufgegraben wurden. Um die Götter günstig zu stimmen, wurden am Frühlingsanfang Menschenopfer gebracht. Ein findiger Wanderer zwischen den Dörfern machte seinen rauen und teils ungehobelten Mitmenschen klar, dass es doch unkomplizierter sei, den Göttern ein Gebäck zu opfern. Erste Versuche verliefen mit mittlerem Erfolg. Bis schließlich der Heilige Tiburtius (von dem Schleimann einen Vornamen erhielt), der in den Balkanländern lebte, in langen Studien herausfand, dass Baklava-Rosen die Götter am stärksten besänftigen. In seiner Sprache hieß dieses Gebäck Ružice sa orasima, oder kurz: Ruzice.

## Juparil

Dieser Monatsname blieb viele Jahre lang ungeklärt, so Schleimann in seinem Vorwort. ‚Jurupari‘ ist ein Wort aus der Tupi-Sprache (Brasilien). Es wird mit einem Dämon in Verbindung gebracht. Juparil könnte ein verkürzter Kosename sein. Im vierten Monat des Jahres wurden die Geister herbeigerufen, um den Zauber vom Juruzice weiterzuführen. Eine zweite Möglichkeit ist, dass es in diesen Zeiten Mode war, dass die Anarchisten des Stammes, die ewigen Zukünftigen, sich den Namen Jupis gaben. Die Jupis begaben sich jedes Jahr als Mutprobe zwecks Einordnung in den Stamm zum Aril (im Norden Italiens), dem kürzesten Fluss der Welt. Der Fluss ist so kurz, dass er nur in einem Monat im Jahr Wasser führt. Dorthin pilgerten die Jupis. Andere Quellen besagen, dass die Jupis keine Lust hatten, sich an den Feldarbeiten ihres Stammes zu beteiligen. Daher behaupteten sie, nachdem die Fruchtbarkeitsgötter im dritten Monat angerufen worden waren, sie hätten halt Pech gehabt und statt Samen nur Arillus erhalten. Das ist der spezielle Auswuchs eines Samens, der ihn teilweise oder vollständig bedeckt.

## Jumumei

Ursprünglich hieß dieser Monat Jumeirah. In den vor-
geschichtlichen Zeiten hatte sich eine Sektion der
Stadt Dubai (damals noch nicht Vereinigte Arabische
Emirate) zum europäischen Kontinent aufgemacht,
den sie ca. 14 000 v. Chr. in einem fünften Monat
erreichten. Die indigenen Europäer riefen ihnen an der
Grenze zu: „Wer seid ihr und was wollt ihr?" Die
Jumeirah waren von den groben Stimmen dieser Menschen schockiert, zogen sich weitere 400 Meter
zurück und riefen: „Wir sind die Jumeirah! Juhuuu-
meimeiraaaah". Die Europäer grunzten und trom-
melten ihren Dolmetscher herbei. Er hatte noch nie
etwas von den Jumeirah oder von Dubai gehört. Er
hatte Angst um sein Leben, denn er wusste – keine
Antwort, kein Kopf mehr. Zitternd am ganzen Körper
stotterte er: „Äh, das sind die Jumumei." Er litt unter
einem Sprachfehler und konnte kein r aussprechen.
„Ach so", riefen die anderen und begrüßten die Neu-
ankömmlinge herzlichst. Zu Ehren dieses Zusammen-
treffens wurde der Monat nach den neuen Mitbewoh-
nern benannt.

## Juni

Der sechste Monat im Kalender war in den ersten
Menschensiedlungen eine heilige Zeit. Die geistigen
Führer zogen durch die Dörfer und suchten sich die
besten Schafe und die schönsten Jungfrauen aus. Geis-

tige Führer arbeiten nicht mit den Händen, daher zwangen sie die Jungfrauen, neben anderen nicht weiter ausgeführten Diensten die Schafe zu hüten, zu scheren, zu schlachten und zu braten. Dann kam der Wendepunkt, als eine holde Jungfrau mit Attalus dem Älteren vermählt werden sollte. Das Ritual sah so aus, dass der Mann gefragt wurde: „Bist du gewillt, dieses Weib zu deiner Untertanin zu machen?" Er bejahte das. Dann wurde die Jungfrau gefragt: „Willst du ab jetzt oder in zehn Minuten die Untertanin dieses Mannes werden, für ihn arbeiten und schuften und ihm auch sonst zu Dienste sein?" Eine eigensinnige Jungfrau namens Diladisa war schon seit Kindertagen Veganerin, und statt die übliche Antwort (‚in zehn Minuten') zu geben, rief sie: NIE, NIE, NIE! Das nützte ihr zwar nichts, aber der Monat wurde bekannt als der, in dem eine Jungfrau ‚nie' gesagt hatte.

## Jumi

Jumi ist Kurzform für Jumumai (siehe dort). Ein Monat zum Feiern war den Neuankömmlingen nicht genug. Sie verlangten einen weiteren Monat des Feierns. Da es sich durchweg um raue Kerle handelte, gab die indigene Bevölkerung nach. Hier liegt, so Schleimann, vermutlich auch der Grund, warum der Jumi später gestrichen wurde: Es gab ihn ja bereits.

## Juli

Im Jahr 13 754 v. Chr. wurden zum ersten Mal Listen mit den beliebtesten Vornamen geführt. In diesem Jahr stand der Name Julia (Bedeutung: die Fröhliche) an erster Stelle. Ein vorwitziger Junge namens Kunius trat nach vorn und sagte: „Es ist doch doof: Wir nennen diesen Monat bisher nur den Siebten. Wäre doch prima, wenn wir ihn ab jetzt Juli nennen, das ist 'ne tolle Bezeichnung. Und ein schöner Vorname." Der Junge litt unter einer Singularletteraphobie (Angst vor einem einzelnen Buchstaben), in seinem Fall dem a. Darauf achtete aber keiner mehr. Alle tanzten im Kreis, stießen ihre Dolche aus Tierknochen auf die Erde und riefen: „Juli ... Juli ...".

## Jugust

An einem heißen Tag im Sommer spielten zwei kleine Mädchen im Jahr 14 025 v. Chr. in einem Fluss. Joringela, die Jüngere der beiden, fing plötzlich an laut zu weinen und zu wehklagen. Ihre Freundin Janisa wollte wissen, was passiert war. „Ich bin mit meinem Fuß gegen etwas ganz Hartes gestoßen!" Die beiden Mädchen tauchten und zogen zwei Steinplatten aus dem Fluss. Sie konnten den Text nicht lesen, denn er war in einer ihnen fremden Sprache verfasst. Sie schleppten die Platten in die Dorfmitte. Als der Zauberer vorbeikam, las er die Texte:

„1. Kun kaksi ihmistä seurustelee eivätkä muista tarkkaa tapaamispäivää. 2. Tapa itsekkäästi juhlia vuosipäivää pidemmän aikaa. Luulen, että Yugustisi pitäisi olla valtion vapaapäivä, haluan vain poistua töistä aikaisin." Dann rief er aus: „Oha! Wir müssen den heutigen Tag zum Feiertag machen und den Monat danach benennen, denn höret, was mir mein Gott als Übersetzung eingegeben hat: ,1. Wenn zwei Menschen miteinander ausgehen und sich nicht mehr an das genaue Datum erinnern können, an dem sie sich kennengelernt haben. 2. eine Möglichkeit, ein Jubiläum über einen längeren Zeitraum selbstsüchtig zu feiern. Ich denke, euer Jugust sollte ein bundesstaatlicher Feiertag sein, ich möchte nur früher von der Arbeit gehen." Es gab keine Gegenstimmen.

## Juptember

Dieses Wort setzt sich zusammen aus dem Namen Jupp und dem kamelianischen Begriff Tember, der vom Indischen ins Englische übersetzt timber (Bauholz) bedeutet, d.h. Jupps Bauholz. Was dies allerdings involviert, ist noch nicht ausreichend von den arabischen Öltauchern erforscht. Wegen seiner Überlänge musste der Monat um einen Buchstaben verkürzt werden, ist aber als Juptember statt Jupptember mit neun Buchstaben immer noch der längste Monatsname des ganzen Jahres. Es erklärt, warum die Häuser in jener Zeit vorwiegend aus Bauholz, und nicht Mahagoni gefertigt wurden.

## Juktober

Lange vor unserer Zeit gab es in Europa viele Bären. Sie zogen durch die wilden Steppen des Kontinents und gerieten gelegentlich in Widerstreit mit den menschlichen Bewohnern. Vor allem in ihrer Brunftzeit, die im Herbst liegt, kamen sie von den Bergen und erfrischten sich, indem sie den Menschen kleine Ohrfeigen gaben. Daher war ein übliches Gespräch zwischen den Menschen dieser Zeit: „Oh je, dich hat der Bär erwischt. Tut's weh?" – „Nee, tut nicht weh, juckt aber". Dieses „Jucktaber" wurde später zum Gruß unter Bärenfängern aus Bayern in der Form von ‚Juktober'.

## Juvember

Juvember wurde in der südöstlichen Region der Schweiz für das Wort ‚Schleuder' verwendet, insbesondere beim Julumbee-Stamm der Einheimischen. Eine solche Schleuder des Julumbee-Stammes gelangte über den Rhein in einem kleinen Weidenkorb in ein Dorf in Mitteleuropa. Der Dorfmagier fischte an einem kalten Tag im Monat, der bei ihnen ‚Schleuder' hieß, den Korb aus dem Fluss, las den darin liegenden Zettel, auf dem die Übersetzung ‚Schleuder heißt Juvember' stand. Da rief er aus: „Wenn keiner was dagegen hat, nennen wir diesen Monat ab sofort nicht mehr Schleuder, sondern Juvember".

## Juzember

Der Schlagerwettbewerb unserer Vorfahren fand immer kurz vor der Wintersonnenwende statt. Nachdem der Sänger Wolf Mittelbein dreimal hintereinander den Wettbewerb gewonnen hatte, durfte er dem Monat seinen Namen verleihen. Er entschied sich für Juzember.

Die Umbenennung der Monate wurde erforderlich durch die Einführung von Abkürzungen im Felsenwandschriftverkehr. Es macht wenig Sinn, z. B. 1. J. 12 453 (v. Chr.) für den 1. Januar zu schreiben. Das ist zu leicht mit dem 1. J. 12 453 (v. Chr.) als 1. August zu verwechseln. Nach welchem Prinzip die ersten Silben ausgetauscht wurden, konnte Schleimann nie lösen.

## Alpha Centauri I

Emma gibt so schnell nicht auf. Mittwochnachmittags hat sie Sport von 15 bis 16.30 Uhr. Das heißt, wenn sie früh genug startet und die Schule schwänzt, wird sie bis zum Beginn des Fernsehprogramms nicht vermisst. Geduldig wartet sie den Mittwoch ab.

Sie bereitet sich gut vor: Sie steckt ihre Wachsmalkreiden und ein Stück Karton in ihren Schulrucksack.

Am nächsten Mittwoch verabschiedet sie sich von ihrer Mutter, wie jeden Morgen. Sie steigt vor dem Haus in den Schulbus ein. An der nächsten Haltestelle verlässt sie den Schulbus und trampt zum Flughafen. Sie hat ein bisschen Angst, weil ihre Eltern sie vor dem Trampen gewarnt haben, es sind ja so viele böse Menschen unterwegs. Sie erzählt dem Fahrer, dass ihre Eltern heute in den Urlaub fliegen, sie aber vergessen habe, eine wichtige Arbeit in der Schule abzugeben. Sie sollte dann mit dem Bus zum Flughafen nachkommen. Der Bus sei aber ausgefallen, sagt sie mit treuherzigem Augenaufschlag. Und der nächste komme so spät, dass sie den Flughafen nicht mehr rechtzeitig erreichen würde. Sie hat Glück, der Fahrer ist kein Psychopath. Am Flughafen steigt sie aus, bedankt sich mit einem Knicks und läuft ins Gebäude.

Sie geht in die Abflughalle. Daran erinnert sie sich noch, als sie in den Osterferien für eine Woche nach Mallorca geflogen sind. Sie liest die Abfahrtsschilder: New York, Gran Canaria, Düsseldorf, Frankfurt, Madrid, Oslo usw. Enttäuscht setzt sie sich mit ihrem Rucksack auf eine Bank. Es wäre ja auch zu einfach gewesen. Also nimmt sie den Karton und die Wachsmalkreide aus dem Rucksack und schreibt in großen Buchstaben: *Alpha Centauri. Wo geht's los?* Die vorbeigehenden Menschen sind entweder Passagiere in Eile oder belächeln ihr Plakat. Eine alte Frau beugt sich zu ihr herunter: „Was willst du denn auf Alpha Centauri?" Emma überlegt schnell. „Ich will Studien zum Jumi durchführen." Die alte Frau schüttelt den Kopf und eilt weiter. Ein Junge ruft ihr im Vorbeilaufen zu: „Da musst'e zur NASA. Von hier geht's nicht. Such dir einen Flug nach Washington."

Der will mich veralbern, denkt sie und wartet weiter. Ein Mann, ziemlich alt, also etwa so wie ihr Vater, bleibt bei ihr stehen. „Du willst zum Alpha Centauri?" Emma nickt. „Das ist prima, da will ich auch hin. Komm doch einfach mit." Emma steht auf, packt ihren Rucksack. Der Mann streicht ihr über den Kopf, das findet sie komisch. Dann nimmt er sie an der Hand und geht voraus. Das ist aber nicht die Richtung zu den Warteräumen, da hinten geht's in die Wirtschaftsräume. Das Wort hat sie mal aufgeschnappt, darauf ist sie mächtig stolz. Die Hand von dem Mann ist nasskalt, er zieht sie. Immer weniger Menschen laufen in diese Richtung. In Emma steigt Panik hoch. „Äh, ich glaube, ich habe mich vertan, ich will nach Frankfurt." Der Mann grinst breit: „Das macht nichts, meine Kleine, dann fliegen wir zusammen." Emma denkt fieberhaft nach. „Aber meine Eltern warten da, die sind sehr nervös, wenn ich nicht pünktlich bin." Der Mann schaut sie ärgerlich an. Dann lächelt er wieder so widerlich und packt sie am Kragen. Er steuert auf eine große Metalldoppeltür zu. Ihr Instinkt sagt Emma, dass sie keinesfalls durch diese Türen darf mit diesem Mann, der ihr immer unangenehmer wird.

Zum Glück kommen in diesem Augenblick zwei Polizisten vorbei, die sich anscheinend verlaufen haben. „Lass mich los", zischt Emma den Mann an, „oder ich schreie ganz laut und sage denen, dass du mich so komisch angefasst hast!" Der Mann schrickt zusammen und lässt ihren Kragen los. Schon stürmt sie davon. Die Polizisten gucken verwundert und schauen den Mann misstrauisch an: „Was war das denn?" Der Angesprochene lächelt sein Lächeln, dass ihn so vertrauenswürdig erscheinen lässt. „Ach, die Kleine, sie hat ihre Popcorn-Tüte in der großen Halle liegen lassen!" Die Polizisten sind sich nicht schlüssig, was sie tun sollen. „Wollen Sie meinen Ausweis sehen?" Er blufft, aber er hat Erfolg. Die Polizisten verabschieden sich nur mit einem Nicken und gehen weiter.

Am nächsten Tag, als die Suchmeldung nach einem kleinen Mädchen an alle Bahnhöfe und Flughäfen herausgeht, erinnern sich die beiden. Ja, das könnte das Mädchen vom Vortag sein. Die Kollegen fordern sie auf, doch mal die Datei mit den Männern durchzugehen, die sich an Kinder ranmachen. Die beiden erkennen den Typ sofort und schauen sich an. „Das ist er! Aber das gesuchte Mädchen ist entwischt. Wo die hin ist, wissen wir allerdings nicht."

Der Gesuchte heißt Ariwald Müller und wurde einige Male wegen des Verdachts auf Missbrauch verhaftet, aber man konnte ihm nie etwas nachweisen. Es wird eine große Fahndung nach Müller eingeleitet, genau wie nach Emma. Der Mann wird eine Woche später gefasst, von dem Mädchen gibt es keine Spur. Nachdem bei der Durchsuchung seiner Wohnung siebzehn Kleidungsstücke vermisster Kinder gefunden wurden, wird er tagelang verhört. Er behauptet stets, von Emma nichts zu wissen. Die anderen Beweisstücke reichen aber aus, um beim Haftrichter zu erwirken, dass er in Untersuchungshaft, Einzelzelle, genommen wird.

Einige Wochen später meldet sich Jumannes bei Emmas Eltern. Er hat eine Ansichtskarte erhalten, vorne ist das Bild der Sphinx, hinten drauf steht: „Hi Jumannes, du wolltest mich ja nicht mitnehmen, aber ich werde es auch allein schaffen. In einer halben Stunde treffe ich zwei Alphacentauresen, die mich mit in ihre Heimat nehmen. Du siehst, ich brauche dich Angeber gar nicht." Darunter ist ein Gesicht mit einer herausgestreckten Zunge gemalt.

Die Eltern erkennen Emmas Handschrift sofort. Ein Graphologe bestätigt dies. Alle sind ratlos. Hat jemand ihr Kind gezwungen, das zu schreiben? Will sie sie veralbern? Jumannes kann auch keine Tipps geben, er ist immer nur mit seinen Eltern geflogen.

## Archäologie III – Sechtarismologie (Sekten-kunde)

Der Tag der Heiligen Jummima liegt auf dem 13. Jumi. Diese Heilige wird in verschiedenen Sekten verehrt. Der italienische Alphacentaurologe Achilles Adriani-Celantano (2905 – 2982) war der erste Archäologe, der Licht in das Dunkel dieses Tages brachte.

Als Sohn von Luigi Celantano und dessen Frau Luisa geborene Adriani studierte er Altertumswissenschaften an der Universität in Rom. In den Jahren 2926 und 2927 nahm er an Ausgrabungen in Veiitauri teil, deren Ergebnisse er später veröffentlichte. In den Jahren 2928 und 2930 war er Stipendiat der Scuola Archeologica Alphacentaurologia. Während dieser Aufenthalte auf Alpha Centauri nahm er an Untersuchungen auf der Insel Lemnositauri teil. Er bewarb sich 2930 erfolgreich bei der italienischen Altertumsverwaltung und wurde Kunstinspektor in Neapel. Doch bereits 2931 beauftragte ihn die Universitätsleitung mit der Untersuchung der auf Alpha Centauri gelegenen antiken Stadt Minuturnaitauri. Zwei Jahre später wurde er Direktor am römisch-Alphacentaurischen Museum in Alexandritauri, eine Position, die er zunächst bis 2952 innehatte.

Ausgiebig erforschte er in diesen Jahren die Topographie, die Architektur und Skulptur Alexandritauris in der Neoindependenten Zeit (2012 – 2222). In den

Folgejahren bis 2959 publizierte er umfänglich die Ergebnisse seiner alexandritaurischen Studien, von 2961 bis 2966 folgten vier Bände des Grundlagenwerks Repertorio d'arte dell'Alphacentaurio. Im Jahr 2963 wurde er Professor für Archäologie an der Universität Alexandritauri, wo er bis zu seinem Ruhestand 2975 lehrte.

Achilles Adriani-Celantano war einer der besten Kenner der Geschichte der Heiligen Jummima. Es gibt drei Sekten, in denen sie verehrt wird. Die wissenschaftliche Meinung, was im Jahr 2023 tatsächlich passierte, ist deutlich trockener. Er verfasste ein längeres Traktat über die Sekten und was aus ihnen geworden war. Alles drehte sich dabei um den 6. Jumi 2023, da war er sich mit seinen Kollegen einig.

Die größte Sekte, die sich ‚Wahre Jummimaten' nennt, behauptet, dass am 6. Jumi 2023 ein junges Mädchen (genannt ‚die holde Maid') vom Himmel herabstieg. Um ihren Kopf strahlte ein goldener Kranz. Jeder, der sie sah, wie sie auf kleinen Wolken herbeischwebte und auf Wolkentreppen hinab auf den Boden schritt, fiel sofort auf die Knie, schob die Arme nach vorn und neigte den Kopf bis zum Boden. Ein mutiger Mann hob seinen Kopf und fragte es: „Wer bist du? Woher kommst du? Was willst du?" Das Mädchen schaute ihn an und antwortete: „Ich bin Jummima. Ich komme von einem geheimen Ort, an dem die Olivenbäume grünen. Ich will, dass ihr euer unkeusches Leben ab sofort der Reinheit widmet." Die Menge rief „Ja, ja, ja", hob Jummima auf die Schultern und trug sie zu einer Höhle im nahegelegenen Gebirge. Die Gebirgsbewohner brachten ihr täglich Obst- und Gemüseopfer dar. Dort lebte Jummima bis zum Jahr 2067, als sie von einem wilden Tier angegriffen und getötet wurde. Ihre heiligen Reste wurden in der Höhle begraben. Ihre Anhänger strömten zu ihrem Grab, dann begannen sie, allüberall die Lehre von der keuschen Jummima zu verbreiten, die gekommen war, so war es in den alten Urkunden notiert, um die Köpfe der Verdorbenen zu retten.

Die Sekte der ‚Wirklich wahren Jummimaten' orientiert sich an denselben Daten, erklärt aber einiges anders. Laut ihren alten Schriften ließ sich eine Jungfrau aus dem Maul eines Walfisches fallen, der gerade am Strand angekommen war. Sie stand an der Küste und schaute über die Menschenmenge, die sich um sie gebildet hatte. „Hört mir gut zu", hob sie an, „ich bin gekommen, euch in das Licht der Wahrheit zu bringen." Die begeisterte Menge rief: „Wie können wir dir folgen?" Die Jungfrau sprach: „Beschafft mir die Schublade mit den zehn verschollenen Rollen." Zehn Jünglinge verbrachten zehn Jahre damit, ihr die gewünschte Schublade zu Füßen zu legen. Sie öffnete die Schublade und verlas die heiligen zweihundert Regeln. Die ‚Wirklich wahren Jummimaten' lebten seitdem entsprechend diesen Regeln. Die Jungfrau kehrte zum Wal zurück, ließ sich verschlucken und verschwand.

Die dritte Sekte ist fast ausgestorben, sie konnten nicht genügend Anhänger gewinnen. Auch sie verehren ein unschuldiges Mägdelein, das vom Himmel gekommen ist. Sie saß in einer Kiste, schwebte über dem Strand und ließ Dokumente in einer verschlüsselten Schrift auf die 35 Strandgänger niederregnen. Zwei der 35 fluchten, beschimpften sie und liefen davon. Die anderen harrten dessen, was das Mägdelein ihnen sagen würde. Sie öffnete den Mund, während wilde Blitze aus ihrer Nase zuckten und Schlangen sich um ihre Ohren wanden. „Seid mir untertan, ich zeige euch den wahren Weg!" – „Ja, oh Herrin!", rief die wartende Menge. Die Kiste nahm plötzlich an Fahrt auf, knallte auf den Boden und das Mägdelein wurde herausgeschleudert. Zwei Mutige traten nach vorn und fragten: „Was sollen wir tun?" Bevor der Blick des Mägdeleins endgültig brach, hörte die Menge noch Worte in einer Sprache, die sie nicht kannten. Die Anwesenden schauten sich an, bargen ihre Gesichter in den Händen und schluchzten. Schließlich nahm die Älteste einen Stift und notierte, was sie noch von den fremdländischen Aussprüchen in Erinnerung hatte. Seitdem nannten sie sich „Die Suchenden", denn sie strebten das Wissen an, das die Heilige ihnen hatte übermitteln wollen.

Die wissenschaftliche Bearbeitung und ihre möglichen historischen Quellen haben wir einem berühmten Axiologologen zu verdanken, dem ein neues Kapitel gewidmet sein wird.

## Alpha Centauri IV

Emma Földi-Rosenstrauch (geb. 5. August 2016 in Düsseldorf; gest. 6. Oktober 2097 in Princetauri) war eine deutsche klassische Alphacentaurologin.

Nach dem Abitur in Düsseldorf 2034 studierte Rosenstrauch an der Universität zu Düsseldorf klassische Archäologie, klassische Axiologologie und Alphacentaurologie. 2036 wechselte sie an die Universität Wusselei und ging 2037 mit einem Stipendium an die Universität Budatauri. Dort studierte sie Alphacentaurologie bei Fritze Gurke, Byzantinistik bei Gisela Moramix und Alte Geschichte bei Alexander Földi. 2039 wurde sie an der Universität Wusselei mit der Dissertation *Porträts auf Alphacentaurischen Grabsteinen* promoviert, die jedoch nie gedruckt wurde.

Von 2041 bis 2046 arbeitete sie erneut bei Fritz Gurke als Assistentin am Institut für Alphacentaurologie der neu gegründeten Universität Friedenshain. 2045 – 2046 war sie Stipendiatin in Londautauri, wo sie 2047 am Monty Institute mit einer Dissertation *Late Old Models for Alphacentaurian Art* in Alphacentaurologie erneut promoviert wurde. In Londautauri verfasste sie auch ein Buch. Von 2058 bis 2061 war sie in Ankara tätig. Dann begann sie mit Forschungen in antiken Stätten in Kilikitauri (einer Wüstenregion auf der nördlichen Halbkugel von Alpha Centauri). Seit 2061 lehrte sie an der Universität Princetauri, von 2068 bis 2079 als Professorin.

In dieser Stadt hatte sie 2062 den ihr bekannten Althistoriker Alexander Földi kennengelernt, bei dem sie auch studiert hatte. Nachdem die beiden mehrmals dabei ertappt wurden, dass sie versuchten, alte Grabsteine aus der Universitätsbibliothek zu stehlen, blieb ihnen nur ein Ausweg: die Heirat. Dann konnten sie behaupten, sie seien blind vor Liebe gewesen und der Täuschung erlegen, sie hätten benutztes Schreibmaschinenpapier mitgenommen.

Ihre Hauptforschungsgebiete waren das antike Porträt, das Alphacentaurische Kilikien (Region auf der Südhalbkugel) und Alphacentaurische Grabmale mit Mosaikmuster. Gemeinsam mit Alexander Földi arbeitete sie an den Kantoriuten, Medaillen aus der Frühzeit der Menschheitsgeschichte auf Alpha Centauri. Einer breiteren Öffentlichkeit bekannt wurde sie durch ihre Ausgabe von *About the Art of Cooking of Applecitrus*, dem ältesten erhaltenen Alphacentaurischen Kochbuch.

In einem Interview mit der Online-Zeitschrift Yellow Alphacentaurian Press (YAP) erklärte sie, dass ihr Interesse an Alpha Centauri schon in frühen Jahren geweckt wurde. Einmal sei sie schrecklich verknallt gewesen in einen Jungen aus ihrer Klasse. Sie könne sich zwar an seinen Namen nicht erinnern, er habe ihr aber versprochen, sie mit nach Alpha Centauri zu nehmen. Dazu kam es dann nicht mehr, weil sie sich unabhängig von ihm auf die Reise gemacht und einige Jugendjahre dort verbracht hatte. Wie ihr die Reise gelungen war, wollte sie nicht erzählen. „Meine Forschung ist das Wichtigste, über das wir sprechen sollen. Ich bin nur eine Mediatorin zum Wissen." Sie verneinte strikt, dass sie etwas mit der Kultfigur Jummima zu tun habe, die seit einigen Jahren in diversen Sekten verehrt wurde. „Ich habe keinen Heiligenschein, ich fliege nicht in Kisten und schon gar nicht würde ich Dokumente verstreuen. Dokumente sind wichtige Evidenzien für Geschichtsforschung. Man kann sie deutlich besser auf nachhaltige Weise einsetzen, zum Beispiel, indem sie auf der Rückseite als Notizzettel verwendet werden." Es folgte eine viertelstündige Erläuterung zur Bedeutung händischer Notizzettel, die sich trotz aller elektronischen Konkurrenz immer noch hielten. In diesen Absatz wurde ein Foto von ihrem Wohnzimmertisch eingeblendet, der aus verkleistertem gestapeltem Altpapier bestand.

Antworten auf Fragen nach ihrem Mann verweigerte sie. „Die Zeiten, in denen wir Frauen an der Leistung unserer Ehemänner gemessen werden, sind doch lange vorbei. Alles andere ist privat, das geht keinen etwas an. Als Einziges möchte ich darauf hinweisen, dass unsere Ehe nicht zum Besten steht. Der Konkurrenzdruck zwischen uns hat viel zerstört."

Das Team der YAP bestand aus der Journalistin Jumianne Federiss und dem Fotografen Wulfried Schmidt. Während der Fotograf eifrig Bilder von Földi-Rosenstrauch schoss, fragte Federiss die Hausherrin, ob sie zur Toilette gehen könne. „Aber natürlich meine Liebe, aber lassen sie sich nicht von der Unordnung im ersten Stock verunsichern, wegen unserer Trennung sortieren mein Mann und ich gerade einiges aus."

Federiss ging in den ersten Stock. Bergeweise Altpapier stapelte sich die Wand entlang, der Gang daneben war gerade noch so breit, dass eine Person hindurchpasste. Hastig stopfte sie einige Blätter in ihre große Umhängetasche, die sie für solche Zwecke immer bei sich trug. Nachdem sie ca. 400 Blätter eingesteckt hatte, betrat sie die Toilette, zog die Wasserspülung und ging wieder hinunter. Földi-Rosenstrauch sah sie vorwurfsvoll an: „Sie hätten sich aber die Hände waschen sollen." Schlagfertig antwortete Federiss: „Ich habe immer ein Sterilspray dabei, das ich benutze. So schone ich die Wasserrechnung meiner Gastgeber."

Die YAPler hatte es auf einmal eilig, Federris und Schmidt zogen von dannen. Noch im Wagen – Schmidt fuhr – schrieb sie ihren Artikel für die Zeitschrift und lud ihn in die YAP-Cloud hoch. Ihr Kollege wollte sie noch auf einen Brennnesselsmoothie in der Verlagskantine einladen, aber die junge Frau täuschte Kopfschmerzen vor „Sorry, Wulfried, ein andermal gern. Aber mein Schädel platzt! Wäre aber total nett, wenn du mich noch bis zur Haustür bringst." Dort angekommen, fragte er: „Kann ich noch auf einen Kaffee mit hochkommen und deine Briefmarkensammlung anschauen, Jumianne?" – „Manno, hörst du mir nicht zu? Ich habe Kopfschmerzen!" Sie sprang aus dem Wagen und hastete in ihre Wohnung. Sie warf sich auf ihr Sofa, riss die beschriebenen Seiten aus der Tasche und fing an zu lesen. „Unglaublich", murmelte sie ab und an. Sie rief bei ihrer Freundin Margot an: „Stell dir vor, ich habe bei der Rosenstrauch das Tagebuch eines Kindes entdeckt. Ich würde mich nicht wundern, wenn das von ihr selbst ist. Das gibt die Sensation des Jahres, wenn nicht des Jahrzehnts, wenn ich das veröffentliche."

Dann gönnte sie sich einen Dattellikör und begann die Blätter zu sortieren. Es fehlten ein paar, weil sie ja zufällig von den Stapeln etwas mitgenommen hatte. Aber für sie war die Geschichte klar.

## Archäologie IV – Axiologologie

Wenig wissen wir über das Leben des berühmten Axiologologen Arnold Martin Buhstein. Er hat es geschafft, seine persönlichen Daten, ja sogar seinen

Lebenslauf komplett aus der Öffentlichkeit zu halten. Wir wissen nicht einmal, wo er geboren wurde, wo er lebt oder was ihn privat umtreibt. Sein einziges Werk, das Weltberühmtheit erlangt hat und in zig Exemplaren verkauft wurde, sind die *Annalen der Federiss.*

Im Vorwort erläutert er, wie es ihm gelang, die für verschollen gegoltenen Federissschen Dokumente zu finden. Federiss, das war bekannt, wollte einen Sensationsartikel über die zu ihren Zeiten viel diskutierte Alphacentaurologin Emma Földi-Rosenstrauch veröffentlichen. Niemand weiß, was in diesen Dokumenten stand, denn Federiss wurde ermordet, kurz bevor sie ihren Artikel hochladen konnte. Es gab keine Backup-Kopien und ihr Laptop war physikalisch zerstört worden. Die junge Frau wurde am nächsten Morgen von ihrem Kollegen Wulfried Schmidt gefunden, der sie abholen wollte. Sie habe ihn angerufen, sagte er der Polizei, um ihm ihre Entdeckungen zu zeigen und ihn zu bitten, den Text Korrektur zu lesen. Als er am späten Vormittag an ihrer Wohnungstür schellte, antwortete sie nicht. Da Federiss äußerst zuverlässig war, sorgte sich Schmidt, hämmerte gegen die Tür und rief schließlich die Polizei. Nach gewaltsamem Öffnen der Tür fand man die Leiche der jungen Frau unter dem Küchentisch. Sie war erwürgt worden, wie die forensische Untersuchung ergab. Die Laptopfragmente waren über die ganze Küche verteilt. Die KTU konnte nichts mehr retten. Auch die Annahme, dass man Backups in der Cloud finden könnte, erwies sich als falsch. Schmidt vermutete, dass ihr Artikel zu brisant war, um ihn woanders als auf dem Laptop zu bearbeiten, der unüblicherweise keine Verbindung zum Internet hatte. Es war auch nicht ihr Arbeitslaptop, der stand unberührt auf ihrem Schreibtisch.

Natürlich verdächtigte man sofort Földi-Rosenstrauch, ihre Finger im tödlichen Spiel zu haben, aber sie verwehrte sich entsetzt gegen diesen Verdacht. Sie hatte ein Alibi für die Tatzeit, da sie und ihr Mann sich für die Scheidung nach Wusselei begeben hatten. Es bestand natürlich auch die Möglichkeit eines Auftragskillers. Der Fall konnte nie geklärt werden.

Dreißig Jahre nach Federiss' Tod interessierte sich Buhstein für die Journalistin und die verschollenen Dateien. Die junge Frau hatte keine lebenden Verwandten, ein Haushaltsauflösungsunternehmen hatte ihre Wohnung leergeräumt. Aber an den Keller, so stellte der gewitzte Buhstein fest, hatte niemand gedacht. Er fragte beim Nachlassamt nach, dort wurde ihm mitgeteilt, dass der Keller überprüft worden sei: Man habe nur Abfall und unnützes Zeugs gefunden, wie sieben Suppenkellen, dreißig Kilogramm weinrotes Sisalgarn usw. Und im Übrigen würde man den gesamten Keller nun, wo Buhstein daran erinnerte, versteigern. Der Erlös ginge an die Staatskasse. Die Versteigerung wurde im örtlichen Amtsblatt angekündigt. Außer Buhstein erschien niemand, und so konnte er zwei Tonnen Kellerinhalt für umgerechnet 52 Euro kaufen.

Zu Hause sichtete er alles in Ruhe. Eine Sammlung antiker Digitalkamera verkaufte er gewinnbringend. Vieles musste er entsorgen: die ganzen Küchengeräte, Dutzende von defekten Fahrrädern und Ähnliches mehr. Er hatte die Hoffnung auf verwertbare Spuren schon aufgegeben, als er auf dem Boden des Containers eine alte Holzkiste entdeckte. Mit zittrigen Händen öffnete er sie, Staub schlug ihm entgegen. Die Kiste enthielt eingebettet in zwei Fleecedecken mehrere hundert Blatt beschriebenes Papier. Er konservierte die Blätter, indem er sie einzeln verschweißte, damit sie nicht weiter verrotteten. 23 Blätter konnte er nicht mehr retten, weitere 47 Blätter waren teils unlesbar, aber die verbliebenen etwa 310 Blätter konnte er lesen. Dank seiner axiologogischen Fähigkeiten verstand er genauso gut wie Federiss, worum es ging. Er hatte die Originalpapierdokumente entdeckt, anhand derer die Journalistin ihren Artikel geschrieben hatte!

Ihre Auswertung hätte er gern gelesen, leider waren die entsprechenden Seiten für immer zerstört. Aber schließlich war er ja selbst Archäologe, da sollte ihm das doch genauso gut gelingen wie einer mittelmäßigen Journalistin, sagte ihm sein Ehrgeiz. Da ihm die Brisanz der Dokumente offenkundig war, begann er als Erstes, seine eigenen Spuren zu verwischen. Er zog an einen unbekannten Ort, eine Insel, wie er selbst im Vorwort erwähnt. Er nannte sich Farke Müller, und auf der Insel gab er sich entweder als Postbote oder als Fischer aus. Tagsüber ging er unauffällig seinem normalen Beruf nach, in der Nacht studierte er die Unterlagen.

Er transkribierte die schwer lesbare Schrift in normale Buchstaben, ergänzte Fehlstellen nach bestem Wissen und Gewissen und begann, die Dokumente zu interpretieren. Er veröffentlichte das Buch in einem Selbstverlag, da er fürchtete, ein normaler Verlag würde seine Identität auffliegen lassen und ihn in Lebensgefahr bringen. Der Titel *Die Annalen der Federiss* war zwar verheißungsvoll formuliert, aber dennoch wurde dreizehn Jahre niemand aufmerksam auf das Buch. So hatte Buhstein genug Gelegenheit, seine Identität weiter zu wechseln und zu verwischen.

Dann aber entdeckte ein kleiner Verleger das Werk. Sofort sah er das Potential des Buchs und setzte sich über schwierige Umwege mit dem Autor in Verbindung, der ihm schließlich eine Nachdruckerlaubnis erteilte. Der Verlag nahm einen größeren Kredit auf und startete eine Riesenwerbekampagne. Das Buch wurde zum Bestseller des Jahrzehnts und stand 76 Monate auf Platz 1 der populärwissenschaftlichen Bestsellerliste der YAP.

Buhstein füllte die Hälfte des 874-seitigen Buchs (10 Punkt Schrift, Format 15 x 21 cm) mit Informationen über Federiss, ihr Leben, ihr Sterben, die Arbeit der Polizei usw. Dann folgte ein Auszug aus den Dokumenten, die er gefunden hatte, er gab dem Kapitel den Namen *Das Tagebuch.*

## Das Tagebuch – ein Auszug, Teil I

Buhstein hat das Tagebuch als kommentierte Fassung herausgegeben. Gleich zu Beginn erläutert er:

> Ursprünglich befand sich das Tagebuch in Form von MPEG-Dateien auf einem Smartphone. Die Autorin des Tagebuchs hat vermutlich selbst später diese Tondateien mittels einer Spracherkennungssoftware (es handelte sich um das kostenlose Programm Bulukolba) in Text umgewandelt. Vermutlich waren Papierblätter unauffälliger als riesige Sammlungen von Tondateien. Hier kann der Herausgeber nur spekulieren. Das erste Tondokument setzt in einem Flieger ein.

## Datei Nr. 1

Manchmal sehne ich mich nach Hause zurück. Papa und Mama vermissen mich bestimmt. Nadine vermutlich auch. Bei Markus und Helge bin ich mir nicht sicher, denn sie bekommen sicherlich mehr vom Nachtisch. Aber zurück geht jetzt nicht.

Ich habe echt Glück gehabt, dass ich diesem Wahnsinnigen entkommen bin. Bestimmt war das so ein Typ, von dem Mama immer gesagt hat: „Geh nie mit Fremden!" Andererseits hat er ja mit der Richtung gar nicht so Unrecht gehabt. Egal. Jetzt sitze ich hier zwischen all den Koffern und habe total Hunger. Vielleicht mache ich da mal die Taschen auf und finde mit ein bisschen Glück ein paar Kekse. Wasser hat sich hier in den Pfützen genug gesammelt. Wenn Mama wüsste, was ich hier für eine Brühe trinke, würde sie mich schimpfen.

Also, der böse Mann hat gesagt, in dem stillen Teil von dem Flughafen gibt's Flieger nach Alpha Centauri. Deshalb bin ich dann doch zurück dahin. Die Türen aus Metall waren total schwer, aber ich habe sie aufbekommen. Und wirklich, dahinter war so eine Art Abflughalle. Drei riesige Flugzeuge standen dort. Aber welches war das Richtige? Keine Ahnung. Ich habe ausgezählt: „Ene, mene, muh und aus bist du." Das links blieb über. Ich hatte Glück: Da kam noch so ein Karren mit ganz vielen Koffern drauf, und als der da so rumstand, weil die Typen alle telefonierten und Brote aßen, habe ich mich angeschlichen und zwischen den Koffern versteckt. So bin ich in den Bauch von dem Flugzeug hier gekommen. Ich hoffe, niemand hat mich bemerkt. Ich bin noch nie in einem Frachtraum geflogen, daher weiß ich nicht, ob das immer so scheißelaut und zugig ist. Richtig kalt. Beim Start habe ich gedacht, ich ersticke. Keine Ahnung, wie lange der Flug nach Alpha geht. Sicher zwei, drei Tage. Und ich habe nix zu essen mit, weil ich meinen Rucksack liegen gelassen habe, als ich vor dem Mann weggelaufen bin, sonst wäre ich nicht schnell genug gewesen. Puh, ich werde jetzt müde.

Lautes Dröhnen hat mich aufgeweckt. Ich muss so eine halbe Stunde geschlafen haben. Hätte ich doch ein Fenster, aus dem ich das Weltall beobachten könnte! Das kann ich dann fotografieren und mal bei Jumannes angeben, wenn der mir nicht glaubt. Habe jetzt doch Hunger. Muss mal gucken.

Glück gehabt, drei Rollen Schokokekse gefunden. Mehr nicht. Ob ich damit ein paar Tage hinkomme? Ich werde sie mir einteilen. Da ist allerdings nicht mehr viel zum Einteilen, weil ich zwei Rollen direkt gegessen habe, ich war so hungrig.

## Datei Nr. 2

Also, Alpha Centauri habe ich mir anders vorgestellt. Ich sitze hier hinter etlichen Koffern, draußen laufen ein paar Leute hektisch auf und ab. Ich hab vorhin mal die Tür aufgezogen, nur einen Spalt. Da hat die Sonne mich fast blind gemacht. Sah aus wie bei uns die Wüste Sahara. Die habe ich mal mit Nadine in einer todlangweiligen Doku gesehen. War unsere Strafe, weil wir den Tisch nicht ordentlich abgeräumt hatten. Anschließend hat Papa uns Fragen zur Sendung gestellt. Voll dämlich sowas. Die Landung vorhin war auch total schrecklich. Der Pilot muss nochmal zur Pilotenschule, die ganzen Koffer sind durcheinander geflogen. Und dann dieses Geschrei!

Die Schreierei wurde immer weniger, dafür höre ich jetzt nichts mehr. Dann sowas wie Sirenen. Dann viele Autos, größere. Ich habe mal wieder herausgeguckt, die sehen aus wie Polizei. Offenbar werden hier die Menschen alle verschleppt. Gut, dass mich niemand gesehen hat.

## Datei Nr. 3

Ich habe hier zwischen den Koffern gesessen, bis alle weg waren. Es ist irre, auf Alpha Centauri reden sie wie Menschen. Irgendeiner rief: „Und das ganze Gepäck?" Eine Stimme antwortete: „Das lassen wir erstmal hier, das läuft nicht weg. Es eilt, wir müssen fahren!"

Tja, und dann war es ganz still. Ich habe trotzdem gewartet, immer vorsichtig geguckt, bis es dunkel war. Ey, ist das kalt hier! Was für ein scheußlicher Planet. Ich bin durch eine Tür vorne in das Flugzeug. Da kam ich an einem Regal mit was zu essen vorbei. Also, Mama kocht deutlich besser! Aber ich konnte mir ja nicht mal was aufwärmen, kenne mich da nicht aus. Die Sandwiche mit Käse und Schinken waren okay. Jetzt bin ich von dem ganzen Essen hundemüde. Ich habe mir aus den Koffern ein paar Pullover rausgesucht und werde mal versuchen zu schlafen. Hoffentlich habe ich später mal Gelegenheit, meine Sprachdateien nach Hause zu schicken. Dann wissen die, dass ich lebe und ob es mir gut geht. Aber hier ist echt null Netz.

## Datei Nr. 4

Mein Handy behauptet, es ist sieben Uhr. Da muss ich wohl wirklich eingeschlafen sein ein paar Stunden. Bin raus, in einer Strickjacke, war noch kühl. Aber es wurde dann ganz schnell heiß. Jetzt versuche ich, ein schattiges Plätzchen zu finden, es ist mir echt zu warm. Die Sonne knallt. Das ist viel heißer als auf der Erde. Heute Nacht werde ich mal ein paar Stunden laufen, hoffentlich treffe ich jemanden, der mir helfen kann. Würde gern Papa um Hilfe bitten, aber immer noch null Netz. Und ob man von Alpha Centauri überhaupt bis nach Hause telefonieren kann, bezweifle ich. Bin langsam traurig und habe vorhin bisschen geheult.

Dateien 5 bis 16 habe ich hier ausgelassen, weil sich im Grunde alles wiederholt. Die Sprecherin macht kleine Wanderungen, findet nichts. Ihre Vorräte gehen langsam zu Ende, sie hat nur noch drei Flaschen Wasser.

## Datei Nr. 17

Als ich letzte Nacht in die eine Richtung gegangen bin, habe ich in der Ferne was Beleuchtetes gesehen. Dann war mir das aber zu weit, weil ich schon drei Stunden rumgelaufen war. Ich habe mir wie Hänsel und Gretel Steine hingelegt, damit ich den Weg morgen wiederfinde. Bin müde, Wasser ist sehr knapp, ich schlafe tagsüber.

## Datei Nr. 18

Das ist ja der Hammer! Ich bin zu dem Licht gegangen, da stand so ein Riesenstein, der sah aus wie
das Ding, das da in Ägypten rumsteht. Kommt mir nur
noch viel größer vor. Da laufen auch ein paar Leute
rum. Keine Ahnung, ob die Deutsch können. Ob die
mich schlachten oder füttern. Bin aufgeregt. Habe
mich hinter einem kleinen Steinhaus versteckt und
warte, bis einer von den Typen mal allein ist, dass ich
ihn mal fragen kann, was hier geht und so.

> In Dateien 19 bis 29 nimmt sie wirklich mit einem Mann
> Kontakt auf. Er ist erstaunt, ein kleines Mädchen so ganz
> allein in der Wüste zu finden. Sie lügt ihm eine Geschichte
> vor und behauptet, sie wäre wegen eines Schulaufsatzes nach
> Alpha Centauri gekommen. Der Mann lacht und klärt sie auf,
> dass sie bei der Sphinx in der Wüste gelandet ist, also noch
> auf dem Planeten Erde. In wenigen Kilometern Entfernung
> hat da ein Flugzeug eine Bruchlandung gemacht, die Verletz-
> ten wurden nach Kairo ins Krankenhaus gebracht, die Lei-
> chen zum nächsten Flieger zurück nach Europa. Er verrät,
> dass hier eine Geheimbasis für den Flugkontakt mit Alpha
> Centauri ist. Er verspricht ihr (warum wird nicht klar), sie als
> blinden Passagier in einen Frachter zu ihrem Ziel zu verste-
> cken.

## Datei Nr. 30

Jetzt sitze ich zwischen lauter Kisten. Zum Glück, hat
mein Retter erläutert, sind mittlerweile auch die Pack-
ebenen mit Luft zum Atmen gefüllt. Sonst hätte er
nichts für mich tun können. Er hat mir eine große Tüte

mit Fressalien, vorwiegend Datteln und hartes Brot, gepackt. Eine zweite Tüte ist voll mit Wasserflaschen. Ich müsse aber total vorsichtig sein, die Reise sei lang. Ich habe ständig Angst gehabt, das sei auch so ein böser Mann. Aber er hat mich nie komisch angefasst. Er sagte, er sei von Alpha Centauri. Sie würden dort alle auf irgendjemanden warten, dem sie Zeugs opfern wollen. Viel wirres Gefasel, ich habe nicht alles verstanden. Aber ich wäre da sicher willkommen. Dann hat er mich noch inständig gebeten, den Fallschirm, den er mir umgebunden hat, auf keinen Fall und niemals abzulegen. Er hat nur was gemurmelt, wenn ich eine Erklärung wollte. Es sei wichtig.

Die Hälfte von dem Brot und den Datteln habe ich auf. Da habe ich entdeckt, dass er mir sogar zwei Rosinenbrötchen zusätzlich eingesteckt hat. Lecker, auch wenn sie schon hart sind! Es ist schwer, Tag und Nacht zu unterscheiden. Meist sitze ich nur rum, esse wenig und warte, dass ich schlafen kann.

Datei 31 bis 54 sind unwichtig und erzählen nur immer wieder vom Sitzen im Stauraum.

## Datei Nr. 55

Puh, dass meine Reise so endet, habe ich nicht gedacht. Irgendwann, ich hatte nur noch vier Datteln und eine halbe Flasche Wasser, verlief der Flug irgendwie anders. So stelle ich mir das vor, wenn man einen Kreis fliegt. Und dann bekam ich kaum Luft, in meinen Ohren dröhnte es wie verrückt. Plötzlich ein Riesenknall, alles flog um mich rum, in zwei Wänden ein Riesenriss, ein Loch nach draußen. Es war ein hellrosa Himmel mit einer verwaschenen Sonne zu sehen, aber darum konnte ich mich gar nicht kümmern. Ich flog raus aus dem Riesenflugzeug, mein Fallschirm öffnete sich erstmal gar nicht und ich stürzte nach unten. Ich glaube, ich habe nach Mama geschrien. Irgendwann gab es einen Riesenruck, so als ob mir jemand die Arme ausreißt, aber da bin ich dann irgendwie gesegelt, langsam nach unten. Hinter mir die Sonne (Sonnenuntergang denke ich), unter mir das Meer. Der Wind trug mich zu einem Strand. Ich segelte langsam abwärts, da standen ne Menge Leute, also so viele wie eine Schulklasse schätze ich mal, und haben da wild rumgefeiert, als sie mich gesehen haben.

## Datei Nr. 56

Ich musste gestern abbrechen, der Direktor hier – oder was das für einer ist – mag es nicht, wenn ich so vor mich hinrede, wie er sagt. Eigentlich soll ich nur den ganzen Tag rumsitzen und lächeln. Finden die hier toll. Wenigstens kriege ich was Leckeres zu essen. Gestern so eine Art Nudeln mit einer Soße. Meine Mama hätte bestimmt gern das Rezept! Also, jetzt diktiere ich heimlich. Hier hat niemand ein Smartphone. Die wissen, scheint mir, gar nicht mal, dass ich eins habe. Heute Morgen hat der Anführer mich gefragt, wie ich heiße. Ich habe nicht gelogen und ‚Emma' gesagt. Da hat er sich sofort zu den anderen Mann umgedreht und gesagt: „Es ist ein glücklicher Tag, denn heute, am 13. Jumi ist Jummima bei uns eingetroffen!"

## Die Kiste I

Wie sich hoffentlich alle erinnern, wurden die Werke des bedeutenden Forschers Willi Anecken verbrannt, sein Doktorvater sammelte all seine Manuskripte, verpackte sie gut und versenkte sie in einem kleinen See. Hier kommt jetzt der turkmenische Bergologe[*] Escreme Agurkel (1931 – 2023) ins Spiel.

Escreme Agurkel wurde in Turkmenistan geboren, wo er auf der Gurkenfarm seiner Großeltern aufwuchs. Mit 19 Jahren begegnete er dem Leiter einer universitätsnahen Stiftung und erhielt ein Stipendium für eine Ausbildung in Deutschland. Ab 1952 studierte er an der Universität Radevormwald. Den Namen Agurkel hatte sich die Familie 1935 per Familiengesetz ausgesucht. Agurkel erinnert an die Gurkenfarm der Familie und an den vorchristlichen Helden der Familie, der einen Ungläubigen mit einer einzigen Gurke erschlagen haben soll.

---

[*] Fundausgraber

Escreme war von 1977 bis zu seiner Emeritierung 2001 Professor für klassische Epitapianaskafesologie. Sein besonders Augenmerk galt den verschollenen Werken von Willi Anecken. Diesbezüglich tauchte und grub er u. a. im Möhnesee, Tegernsee und Bodensee. Seine wichtigste Ausgrabung war die bei Wusselei im Fundersee. Ende der 70er übernahm er kurzfristig eine Stelle als Lektor an der Universität Köln, er unterrichtete turkmenische Sprachen.

Er ist neben Beriff Müffelmann Mamsell der Gründungsvater der Klassischen Epitapianaskafesologie im modernen Turkmenistan. Als solcher erhielt er zahlreiche Ehrungen.

In den 80er und 90er Jahren versuchte er, seine in Europa populären Werke den turkmenischen und sibirischen Lesern bekannt zu machen, doch fand er zunächst keinen Verlag. Dies sollte sich erst ab der Jahrtausendwende ändern.

Als ich in den 80er Jahren Islamwissenschaften studierte, lernte ich Agurkel in einem Sprachkurs kennen, den er als Lektor leitete. Er war bei allen Studenten beliebt. Hin und wieder erzählte er auch von einem seiner Fachgebiete, der Bergologie. Wir lauschten fasziniert. Sein Kontakt zu uns Studenten war fast freundschaftlich. Gelegentlich lud er einen Kurs zu sich nach Hause ein und kochte sein berühmtes Curry-Chili-Huhn. Einmal ist mir dann das Missgeschick passiert, dass mir der Teller samt Huhn aus der Hand fiel. Das war so oberpeinlich, wie sich Reis und Hühnerstücke auf dem dunkelbraunen Teppich verteilten. Ich kam mir vor wie der letzte Depp. Agurkel rief dann seine Frau, die sich sonst immer im Hintergrund hielt, damit sie das Missgeschick beseitigte. Ich durfte nicht helfen, das war noch schlimmer.

Er aber ließ sich nie etwas anmerken. Als er unseren Kurs am Ende des nächsten Semesters wieder einlud, witzelte er: „Frau Wilkesmann, wollen Sie das Huhn mit Teller oder lieber direkt vom Teppich?" Ich fand's nicht witzig, aber was sollte ich machen? An diesem Tag kam er beim Erzählen so richtig in Fahrt und zeigte uns in seinem privaten kleinen Museum, was er in den letzten Jahren so ausgegraben hatte.

Da waren echt merkwürdige Fundstücke dabei, die er nicht einordnen konnte. Ein Beispiel war ein Teppichstück aus dem Bodensee, das eindeutig mit Kunstfasern hergestellt worden war, aber mittels der Radiokarbonmethode nachweisbar ein Alter von mehr als 10 000 Jahren aufwies.

Schmuckstücke faszinierten ihn besonders. Bevor er die Stücke den entsprechenden Museen übergab, ließ er sich von einem befreundeten Juwelier dem Original zum Verwechseln ähnliche Kopien herstellen. Zu jedem Stück konnte er uns etwas erzählen: Wie er beispielsweise das Smaragdarmband aus dem Möhnesee geborgen hatte. „Dieses Armband erzählt uns eine Geschichte, liebe Studenten. Es ist etwa 7000 Jahre alt. Damals durften nur die Könige Smaragdschmuck tragen, das ist wissenschaftlich belegt. Wie kam das Armband in den See? Es ist ein Damenarmband. Hat jemand eine Idee?" Wir rätselten, aber uns fiel nichts ein. Hatte eine Prinzessin es aus Versehen ins Wasser fallen lassen? Er schüttelte den Kopf. Die Prinzessinnen durften den Palast nicht verlassen, bis sie verheiratet wurden. Seine These lautete, dass die Trägerin dieses Armbands von einer eifersüchtigen Schwester umgebracht wurde. Um von sich abzulenken, nahm die Mörderin das Armband vom Arm ihrer Schwester und lief des Nachts, als sie keiner sah, zu dem verbotenen See und ließ es hineinfallen. Einige Studenten äußerten Zweifel an dieser Auslegung, aber das ließ Agurkel nicht zu. Er redete einfach weiter.

Ein anderes Prachtstück war der elfarmige Leuchter aus Elfenbein, datiert auf ca. 3000 v. Chr. Der sei bei den Christenverfolgungen in den Tegernsee gefallen, weil der Märtyrer Xaver B. sich trotz Folter nicht von diesem Leuchter trennen wollte, als er von einem hohen Baum in den See gestürzt wurde. Ein vorwitziger Student entgegnete, dass das nicht sein könne, schließlich gab es vor Christus logischerweise keine Christen und somit keine Christenverfolgungen. Agurkel verlor seine übliche Nonchalance und wurde heftig bis ausfallend und drohte dem Studenten mit Exmatrikulation, wenn er weiter solche unflätigen – er sagte wirklich unflätig! – Anmerkungen machen würde. Danach widersprach niemand mehr.

Ganz hinten in einer miserabel beleuchteten Ecke sah ich etwas stehen, das aussah wie ein mit Algen behangener Jutesack. Um Agurkel von seinem Wutausbruch abzulenken, fragte ich ihn, was denn das Geheimnis dieses Jutesacks sei.

„Keine Ahnung. Interessiert mich nicht. Ich habe es unter drei Perlenarmbändern aus dem Fundersee geholt. Die Armbänder hatten sich in den Algen verfangen. Ich habe das Ding geschüttelt, aber nichts hat geklimpert. Das heißt, es ist uninteressant für mich." Er legte eine kleine Pause ein. „Wissen Sie was? Nehmen Sie das Ding doch mit, meine Frau beschwert sich sowieso über den Staubfänger." Damit zog er das Teil aus der Ecke. Es war etwa ein Meter lang, einen halben Meter hoch und 70 Zentimeter breit. Ich wollte widersprechen, aber es war zu spät. Agurkel hatte mir das Teil in die Arme gedrückt und war weitergegangen. Ich wäre beinahe gestürzt, glücklicherweise halfen mir ein paar Kommilitonen aus dem unteren Semester. Wir sind raus zu meinem Wagen, einem Renault 4, in den das Juteding längs gelegt passte. Vorher haben wir die Algen abgezupft, um das Auto nicht zu arg zu verschmutzen. Zwei Freundinnen sind mit mir nach Hause gefahren und haben mir geholfen, das Monster in den zweiten Stock zu hieven. Sie waren im Gegensatz zu mir überhaupt nicht neugierig, was das war, und wollten zurück zu der heißen Party. Ich hatte genug und blieb zu Hause. Ich bin keine Archäologin und habe daher vermutlich unvorsichtig gehandelt, als ich die Jute aufgeschnitten habe, denn die Kordel an der einen Seite war total verfilzt. In dem sackähnlichen Ding befand sich eine Holzkiste mit kunstvollen Intarsienarbeiten. Sie war mit einem bronzenen Schloss versehen. Ein Schlüssel lag nicht bei. Ich war mir sicher, dass der noch irgendwo im Fundersee oder an seinen Ufern zu finden war. Als ich am nächsten Tag Alexander K., einen befreundeten Historiker, fragte, ob er mir bei der Bergung des Schlüssels helfen könne, ließ dieser sich die Kiste zeigen. Er nahm eine kleine Brechstange aus seiner Hosentasche – er hatte immer eine kleine Werkzeugsammlung dabei –, und brach das Schloss auf. Von dem Tag an nannte ich ihn nur noch ‚Alexander der Kleine'. Wir öffneten die Kiste, sie war voller Papier.

## Mein Wissen vom Jumi I

Mein erster Kontakt mit dem Jumi erfolgte in den Kindertagen. Meine Mutter sang mir abends zum Einschlafen schon mal kleine Lieder vor. Ich erinnere mich vor allem an zwei Liedertexte:

Jumikäfer, flieg!
Der Vater ist im Currykrieg.
Die Mutter ist im Pommesland.
Und Pommesland ist abgebrannt.

Und das zweite:

Januar, Februar, März, April
Die Jahresuhr steht niemals still.
Mai, Juni, Jumi, Juli,
Wir schreiben alle mit dem Kuli.
Einunddreißig Tage hat August,
Weckt in uns allen die Lebenslust.
September, Oktober, November, Dezember
Auf Englisch heißt erinnern remember.
Und dann, und dann
Fängt das Ganze schon wieder von vorne an.

Wenn ich meine Mutter nach dem Jumi fragte, gab sie mir ausweichende Antworten. „Was ist Jumi, Mutti?" – „Ein Monat, Ütekken." – „Aber im Kalender steht der nicht." – „Gedrucktes lügt auch." Ich habe daraufhin in der Schule diverse Klassenlehrer gefragt, aber die wollten oder konnten mir nicht antworten.

Als Kind las ich mit Begeisterung Abenteuerromane, u. a. fast alle Bücher von Karl May. In seinem Buch *Ich* fand ich ebenfalls einen Hinweis. Er berichtet von seinen Taufpaten, u. a. einem Willi Anecken. Dieser habe ihm zur Taufe seine Dissertation *Der Jumi im Lichte der Minipelogie* in die Wiege gelegt, sei dann aber kurz darauf gestorben, sodass er ihn später nicht mehr fragen konnte, was er damit sollte. Nachdem Karl May lesen gelernt hatte, nahm er sich Aneckens Buch vor, aber es erschien ihm langweilig, da keine Bilder drin waren. Daraufhin habe er es aus den Augen verloren. Mein Interesse war geweckt!

## Das Tagebuch – ein Auszug, Teil II

In den nächsten Tagen passierte nichts Besonderes, daher langweile ich die Leser auch nicht mit den Transkripten. Jummima alias Emma erhielt Obst und Gemüse zu essen und Wasser und irgendeine merkwürdige milchartige Flüssigkeit zu trinken. Dann teilte der – wie sie ihn nennt – Direktor ihr mit, dass sie jetzt zur Schule gehen müsse.

## Datei Nr. 108

Zur Schule gehen, hatte sich so toll angehört: Andere Jungs und Mädchen sehen, ein paar Lehrer und so. Aber das war nix. Ich wurde vormittags in einen kleinen Raum gebracht, dann kam der Direktor und unterrichtete mich. Vor allem in Religion! Was sollte ich damit? Ich habe ihn mehrmals gefragt, ob wir nicht was Spannenderes machen können. Ich kann doch noch gar nicht richtig lesen und schreiben. „Das kommt noch", war die Antwort.

## Datei Nr. 109

Als ich dann bei ‚Religion' immer die richtigen Antworten gab, kamen mehr Lehrer, Männer und Frauen, die mir Unterricht in anderen Sachen gaben. Lesen und Schreiben, Biologie, Sozialkunde, alles Mögliche. Daneben ist die normale Schule echt super, weil man da nicht ständig im Mittelpunkt steht. Vor allem Sport ist schlimm. Will die Tussi mich zur Olympiade schicken? Nie bin ich schnell, hoch oder weit genug, hänge angeblich an dem Pferd genau wie an den Ringen wie ein nasser Sack. Habe ich je behauptet, in Sport eine Leuchte zu sein?

## Datei Nr. 110

Ich bin tagelang gar nicht mehr zum Diktieren gekommen. So viel Programm! Da falle ich abends todmüde ins Bett. Wenn ich so richtig sauer bin und nichts mehr mitmache, werde ich bestraft. Ich darf abends nicht mehr lesen, kriege nur Kartoffeln mit rohen Möhren zu essen: auch zum Frühstück! Das hält ja niemand durch, zumindest ich nicht. Mein Kopf platzt langsam. Soll ich zum Wunderkind ausgebildet werden oder was?

> Die folgende Datei ist zwar korrekt durchnummeriert, aber ich schätze, das etwa zwei bis drei Jahre dazwischen liegen.

## Datei Nr. 111

Wochenlang und monatelang dasselbe. Aber heute war anders. Alle neun Tage haben die hier so eine Art Sonntag. Da treffen sich die Bewohner dieses Dorfs in einer Glaskuppel und murmeln ständig irgendwelche Texte. Der Direktor beantwortet Fragen und so. Ich sitze auf einer kleinen Bühne auf einem Stuhl aus Stein. Also schon ein ansehnlicher Stein, nicht grau oder so, sondern ein leuchtendes Grün. Ob das sogar ein Edelstein ist? Alle, die an mir vorbeigehen, verneigen sich, und ich winke ihnen huldvoll zu. Sagen darf ich nichts, das hat mir der Direktor vorm ersten Mal deutlich gemacht. Der kann mir wirklich Angst machen. Ich tue lieber, was er sagt. Zum Glück fasst er mich nicht an, sonst würde ich auf der Stelle sterben.

In den Fragestunden gibt es schon mal Diskussionen. Heute wurde die Debatte echt hitzig. Da ist so eine Gruppe, die von einer Frau angeführt wird. Sie heißt Nora und hat lange struppige Haare. Die guckt immer voll irre. Sie behauptet, Jummima sei gar nicht vom Himmel gefallen, sondern von einem Walfisch an Land gespuckt worden. Und sie hätte anschließend für zweihundert Regeln gesorgt, die sie – die Gruppe hier – jetzt befolgen wollen. Und ich, dabei zeigte sie auf mich, sei ja eine Lügnerin, Betrügerin, Schuftin, denn die echte Heilige sei ja vom Wal wieder verschluckt und weggebracht worden. Dann schrie Nora:

78

„Wir wollen, dass dieses Mädchen verschwindet, entweder per Messerwurf oder sie wird einem Wal zum Opfer gebracht. Als Versöhnung dafür, dass wir die falsche Jummima verehren. Wir wissen Bescheid, wir sind nämlich die wirklich wahren Jummimaten, Jummima hat unsere Jünglinge ausgeschickt, die dann die Schublade mit den verschollenen Rollen gebracht haben. Weg mit dieser Fälschung!"

Der Direktor konnte sie gerade noch beruhigen. Aber abends hat er mich in eine Grotte gebracht. Sie müssten erstmal dafür sorgen, dass diese Gruppe nicht durchdreht und in echt meinen Kopf fordert. Danke, nein, meinen Kopf behalte ich wirklich lieber selbst.

## Datei Nr. 112

In der Grotte war es gruselig. Licht kam nur aus so komischen Steinen, die in Höhlen an der Seite leuchteten. Ich musste trotzdem lernen, lernen, lernen. Ich bin sicher schon reif fürs Abi. Aber was soll ich hier damit? Das Essen sieht in diesem Licht auch immer eklig aus.

Vorhin habe ich den Direktor belauscht, wie er mit seiner Stellvertreterin geflüstert hat. Die denken wohl, ich bin halbtaub, aber ich hatte immer schon ein überdurchschnittlich gutes Hörvermögen. Wenn ich das richtig verstanden habe, war das alles geplant. Also, der Absturz dieses Lastenflugzeugs über dem Meer von Alpha Centauri. Irgendwie war dem Direktor zu

Ohren gekommen, dass ich in dem Flieger war. Er sah das als seine große Chance, eine einflussreiche Sekte mit ihm als Sektenführer zu gründen. Hat ja wohl auch geklappt. Er nennt seine Sekte die ‚Wahren Jummimaten‘. Und jetzt ist da diese komische Gruppe, die ist wohl echt blutrünstig, die nennen sich die ‚Wirklich wahren Jummimaten‘. Die wollen meinen Kopf, habe ich ja selbst vorher schon gehört. Der Direktor raunte seiner Stellvertreterin ins Ohr: „Eher schicke ich sie wieder zur Erde, bevor sie mir hier Schaden nimmt." Wenigstens das. Ich habe lange gefürchtet, der will auch mein Blut sehen. Der Plan war wie folgt: Sie würden ein Schaf nehmen, dem Sachen von mir anziehen und das bringen sie in einer Prozession zum Strand. Dort werde ich respektive das Schaf dem Wal zum Opfer gebracht. Dann geben die Wiwaju sicher auf und verkrümeln sich. Am nächsten Sonntag soll das sein.

## Datei Nr. 113

Die Wiwaju sind wohl wirklich davon gezogen. Die versuchen jetzt überall Anhänger zu finden, die ihnen was spenden. Darum geht es ja letztlich immer, um das Sammeln von Reichtümern. Gefühlt hatte ich jetzt ein paar Monate Ruhe. Ich durfte wieder aus der Grotte raus, draußen rumspazieren und so. Das Lernen hört nicht auf. Ich hab heute die Stellvertreterin mal gefragt, warum ich das alles lernen muss. Ich hatte schon den Verdacht, dass sie mich mit Wissen mästen wollen, um mich dann am Ende doch zu schlachten.

Aber das streitet sie ab. Der Direktor und die Stellvertreterin wollen ihre Glaubensrichtung nur so stark machen, dass sie finanziell unabhängig ist und ich dann nicht mehr gebraucht werde. Ich aber soll zu dem Zeitpunkt genügend Wissen haben, um mal eine erfolgreiche Karriere zu machen. Das seien sie mir schuldig. Ich finde, sie sind mir noch mehr schuldig! Aber das will ja niemand hören.

Wieder lasse ich einige Dateien weg, in denen nur der tägliche Ablauf geschildert wird. Selbstverständlich werde ich die Transkriptionen dieser Dateien auch in den Anhang geben.

## Datei Nr. 127

Die Lage wird brenzlig, so der Direktor. Es hat sich mittlerweile eine weitere Gruppe gebildet, die nach Abtrennung strebt. Die sprechen nicht mehr vom Wal, sondern von einer Kiste, in der Jumimma auf die Erde gekommen ist. Es heißt, die ist auf den Strand geknallt, die junge Frau dadrin gestorben. Aber mit letzter Kraft hat sie noch irgendwas Unverständliches gebabbelt. Das haben ein paar Leute angeblich notiert, und jetzt suchen sie nach jemandem, der das Kauderwelsch versteht, es übersetzt und sie aufklären kann. Sie verlangen vom Direktor meine Herausgabe. Ich soll dann in eine Kiste gestopft und einen Abhang herabgestürzt werden, damit die erfundene Geschichte wahr wird. Diese Gruppe nennt sich ‚Die Suchenden'. Der Direktor erklärte mir, das seien alles Wirrköpfe, niemals würden sie so gefährlich wie die Wiwajummiten. Aber ich müsse geschützt werden. Also wieder ab in die Grotte. Es kotzt mich an, ehrlich!

## Datei Nr. 128

Es sind drei Monate oder so vergangen. Exakt ist das nicht rauszukriegen, weil die hier den Jumi haben. Da kriege ich nie so genau mit, wann denn welcher Monat ist. Der Direktor behauptet, auf der Erde hätte es bis vor wenigen Jahrtausenden diesen Monat auch noch gegeben. Nee, klar ... der Mann erzählt viel Unsinn. Morgen darf ich wieder aus der Grotte raus.

## Datei Nr. 129

Es ist so toll, mal wieder Sonnenlicht zu sehen, den Wind zu spüren und frische natürliche Luft zu atmen! Ich hoffe, dass sich da nicht noch ein paar Abtrünnige zusammenrotten, die mir ans Leder wollen. Da habe ich schon ein bisschen Sorge, denn der Direktor sieht nicht mehr so richtig gesund und munter aus. Was, wenn er stirbt? Werde ich dann weiter beschützt?

## Datei Nr. 130

Heute Morgen kam die Stellvertreterin, der Direktor sei unpässlich. Sagt man das hier echt noch? Sie kam zusammen mit einem jüngeren Mann. Also, mit jünger meine ich, nicht so alt wie der Direktor. Eher so wie mein Vater, bevor ich die Reise machte. Der Mann soll mich wieder in mein altes Leben zurückbringen. Kann ich mir nicht vorstellen, ich bin doch bald 16 (hat der Direktor mir vor ein paar Wochen eröffnet), was soll ich meinen Eltern sagen, wenn ich da plötzlich auftauche? „Ach, ich war mal eben ein paar Jahre auf einem anderen Planeten, aber es geht mir gut." Die zeigen mir doch einen Vogel. Und Jumannes wird das auch komisch finden, der weiß doch nichts von diesem ganzen Sektenzeugs.

Dafür hätte der Direktor schon einen Plan ausgearbeitet und der Typ neben ihr, der heißt Siegfried wie in der Oper, würde mich zu Hause plausibel einschleusen. Ich hätte ja gern gewusst, wie das gehen soll, aber das wollten sie mir nicht verraten. In 72 Tagen ist der 13. Jumi, da sind sich die Planeten besonders nahe, da geht ein Frachter zur Erde, und Siegfried und ich werden da eingeschleust. Echt, ich kann es kaum erwarten!

## Datei Nr. 131

Die letzten Wochen waren ohne Infos und Erlebnisse. Der Speicher auf der Karte wird allmählich deutlich kleiner, ich muss etwas haushalten. Heute rief mich der Direktor zu sich. Der sah echt übel aus, blass und dünn, die Haare zottelig. Er hustete auch stark. Er hat mir noch einmal erklärt, dass ich wahrscheinlich bald nach Hause kann. „Wahrscheinlich?", schrie ich ihn an, „Sie haben doch gesagt, ich kann gehen!" Der Direktor erläuterte mir, dass sie mich gern zurückschicken würden, aber ich müsse erst einen Vertrag unterschreiben. Es geht darum, dass es enorm wichtig ist, dass keiner erfährt, wo ich war, und was ich hier alles gelernt habe. Wenn das nämlich in die falschen Hände gerät, ist hier die Kacke am Dampfen und seine Sekte sei am Ende. Ich habe das sofort versprochen, wäre ja blöde, das nicht zu tun. Ich dachte mir meinen Teil dabei, einmal auf der Erde ... Aber den Zahn hat er mir gleich gezogen.

„Nein, meine Liebe, ich kann nicht Gedanken lesen. Aber ich weiß trotzdem, was du denkst. Damit meine Macht bzw. die Macht dieser Organisation unbeschädigt bleibt, ist es extrem wichtig, dass deine Existenz als Erdenbürgerin verborgen bleibt. Unsere Legenden besagen nämlich, dass du vom Himmel herabgestiegen bist. Dafür haben wir ja gesorgt, wie du weißt. Das haben wir dann ein bisschen ausgeschmückt. Aber laut Legende bist du 2067 von einem wilden Tier gerissen worden. Und auf diesem Glauben beruht unsere Organisation. Erklären kann und will ich dir das nicht, aber wir können es uns nicht leisten, dass du auf der Erde rumläufst und dummes Zeug ausplauderst. Du wirst nichts von hier mitnehmen, nichts. Siegfried wird dir Erdkleidung besorgen und was du sonst brauchst. Solltest du jemals meinen, du müsstest von hier erzählen, dann sind deine Tage gezählt. Genauso gut, falls es jemand von dir erfährt. Auch der- oder diejenige wird keine Zeit finden, es noch weiterzuplappern.

Im Gegenzug bekommst du auch etwas von uns. Du hast hier viel gelernt. Das ermöglicht es dir, ohne Probleme wieder in euer Schulsystem einzusteigen. Außerdem werden wir dir mittels einer Intensivlektion noch Wissen über Alpha Centauri einpflanzen. Wenn du klug bist, und dafür halte ich dich, wirst du dieses Wissen vorsichtig anzapfen. Damit kannst du als Spezialistin für Alphacentaurologie auf der Karriereleiter hoch aufsteigen." Er legte eine theatralische Pause ein. „Bist du bereit, willigst du ein?"

Ich nickte, was auch sonst. Ich unterschrieb sofort. Ich war gespannt auf das Einschleusen. Sonderlich sympathisch finde ich Siegfried nicht, aber er soll nur seinen Job ordentlich machen.

Morgen ist Wissenseinpflanzung (irres Wort), und in drei Tagen geht's los. Ich bin schon ein bisschen aufgeregt.

## Linguistische Forschung II

Eva-Venessa Gable (geboren 13. Jumi 1962) ist eine in Großbritannien geborene finnische Linguistin. Ihre Forschung konzentrierte sich eine Weile auf den Erwerb der Erstsprache bei Kindern, insbesondere auf den Bedeutungserwerb des Monats Jumi. Sie hat umfangreiche Beobachtungs- und experimentelle Forschungen durchgeführt. Später hat sie zum Erwerb und zur Verwendung der Wortbildung bei Kindern geforscht. Dazu gehören auch vergleichende Studien zu Englisch und Finnisch bei Kindern und Erwachsenen.

Gable promovierte 1985 in Linguistik und studierte bei Johannes Löwe an der Universität Wusselei. Derzeit ist sie Professorin für linguistische Physiotypologie und Amarusisch in Tampere (Finnland). Sie hat sich in den letzten Jahren wieder erneut der Erforschung des Wortes Jumi zugewandt. Viele ihrer Arbeiten basieren auf den Werken von Hans-Walter Ritter-Schmetterbach, dem Sinologen, zu diesem Thema. Die meisten seiner Thesen bestreitet sie.

Ihrem neuesten Buch *Jumi in Texten amarusischer Intellektueller* liegen die Ausgrabungen von Wolf und Schiller zugrunde, die amarusische Texte auf Steinplatten entdeckten. Die Schriftzeichen wurden auf die Zeit 900 v. Chr. datiert. Entziffern konnten sie das Datum mit Hilfe des Astronomen Dr. Fischer: Es war ein Tag im Jumi.

Gable gelang es anhand dieses einen bekannten Terminus, Wort für Wort auch den Rest der Texte zu übersetzen. In einem Interview berichtete sie, dass sie auf den Tafeln gelernt hatte, dass der Monat Jumi bei den Amarusen in großem Ansehen stand, mit dem

Aussterben des Volkes aber ebenso in Vergessenheit geriet. Die Amarusen waren eine europäische Hochkultur, die aus verschiedenen Teilen Asiens und Amerikas – damals noch über eine Landbrücke verbunden – auf unserem Kontinent einwanderten. Erste Felszeichnungen wurden auf 15 000 v. Chr. datiert, das aber ist eine Behauptung von Gable, die in der Fachwelt kontrovers diskutiert wird.

Die Autorin wird nicht müde zu betonen, dass sie Grundlagenarbeit geleistet hat. Von Aneckens Arbeiten habe sie zwar gehört, aber die seien ja unauffindbar. Im Vorwort führt sie aus, dass sie wegen ihrer Funde jetzt ihren Geburtstag auf einen Jumitag (vorher war es ein Julitag) gelegt habe. Ihre Kenntnisse des Amarusischen sind mittlerweile für wahr erstaunlich. Bedauerlicherweise gibt es keine Zeitreisen, sonst könnte sie den praktischen Beweis dafür erbringen. Zum Amarusischen aber später.

Der Jumi ist, wie bereits häufiger erwähnt, nicht mehr Teil des Jahres. Man kann, so Gable, ab und an noch sprachliche Reste finden, wie sie in ihrem Aufsatz *Jumi in Überbleibseln der Weltsprachen* ausführt. So zum Beispiel in dem Namen Jumi: „Her Novel Was Pulled for Plagiarism. Her Explanation Was, Too. An online essay in which the writer Jumi Bello explained copying."[*] Wichtige Information: Jumi wird als

---

[*]  https://www.nytimes.com/2022/05/10/books/jumi-bello -plagiarism.html

Vorname verwendet. In Bücherläden findet man nur dieses eine Buch von ihr. Vermutlich entstammt die Autorin einer langen Reihe von amarusischen Vorfahren. Gable hat versucht, mit Bello Kontakt aufzunehmen, aber diese hat nicht reagiert.

Einen weiteren Hinweis gibt es für Jumi als Käsehersteller oder Käsesorte, wie Gable ebenso in diesem Aufsatz ausführt. Dass der Jumi etwas ist, das aus alten Zivilisationen stammt, belegt die Webseite zum Emmentalkäse: „wir sind die wilde truppe aus dem emmental“.[*] Möglicherweise ist auch die Unfähigkeit, Groß- und Kleinschreibung einzuhalten, ein Hinweis auf die amarusische Sprache, die diese Unterscheidung ebenfalls nicht kannte. Wilde Truppe – wer kann sich da nicht sofort gut gebaute amarusische Krieger in Angriffskleidung und Schwert in der Hand vorstellen? Weitere Fundstücke sind ein Verlag in der Schweiz[**], eine Strickjacke für Babys[***] und ein Rotwein[****]. Der Shop zum Verkauf von Trockenfleisch[*****] weist genau wie der Jumi-Käse darauf hin, dass Amarusen weder Vegetarier noch Veganer waren, folgert die Autorin aus diesen Funden.

---

[*] https://jumi.lu/wer-ist-jumi/
[**] https://jumi.ch/
[***] https://www.rosarosa.eu/p/cardigan-jumi-74-164-inkl-a 4-a0-beamerdatei
[****] https://www.pallhuber-genuss.de/jumi-tempranillo
[*****] https://jumi.lu/trockenfleisch/

Dies alles führt Gable in ihrem faszinierenden Artikel aus. Sie hält aber weitere Forschungen und Ergebnisse absichtlich zurück, weil sie darüber ebenfalls ein Buch zu schreiben gedenkt, das ihre wissenschaftliche Karriere krönen soll.

Zurück zu ihren Forschungen zur amarusischen Sprache. Ihre Ergebnisse hat sie in ihrer Habilarbeit *Grammatik, Syntax und Orthographie* 2008 veröffentlicht. Die Sprache scheint dem Normalleser doch recht kompliziert. Am Ende der Arbeit legt sie sogar einen von ihr selbst verfassten Text in Amarusisch vor. Dessen Bewertung fiel anderen Forschern sehr schwer. Wie will man die einzige Expertin einer ausgestorbenen Sprache beurteilen? Mit ein bisschen Glück kann in einigen Jahrzehnten mehr dazu ausgeführt werden.

## Orthographie

Faszinierend sind hier die Ähnlichkeiten zwischen der deutschen, türkischen und amarusischen Sprache: Sie alle werden („fast' im Falle von Deutsch) so geschrieben, wie sie gesprochen werden. Das ist ein krasser Gegensatz zum Englischen, wo man niemals beim Zuhören ohne Kontext erkennen könnte, ob wir von einer Blume (flower) oder von Mehl (flour) sprechen, denn die Aussprache ist identisch.

## Struktur

Es handelt sich um eine Silbenschrift mit nur zehn Silben: ju, mi, mau, li, ni, ber, no, vem, zem und mu. Außerdem ist es wie das Chinesische eine Tonsprache, d. h. die Tonhöhe der Silbe kann ihr eine andere Bedeutung verleihen. Im Gegensatz zum Chinesischen mit vier Tonhöhen gibt es derer zehn im Amarusischen. Was genau wie die Silbenzahl darauf verweist, dass dieses Volk schon sehr früh eine Affinität zum Dezimalsystem hatte.

Im Schriftlichen unterscheiden sich die Silben durch Akzente: ju, jü, jú, jù, jû, ju̲, jʉ, j , jᵘ, jᵤ. ju ist die normale Tonlage, jü, jú, jù sind höher, jû, ju̲, jʉ und j sind tiefer. Etwas schwierig für den modernen Gaumen sind die Silben jᵘ und jᵤ, weil neben hoher Tonlage (jᵘ) und tiefer Tonlage (jᵤ) auch noch die Stimme gequetscht wird. Kaum einer kann das Nachsprechen, aber Gable hat ihrer Habilarbeit eine CD mit Sprachbeispielen beigelegt. Beispiellos fantastisch. Etwas einfacher wird das Sprechen dadurch, dass die höheren Töne länger und dementsprechend die tieferen Töne kürzer gesprochen werden. Die Betonung liegt immer auf der ersten Silbe.

## Grammatik

Die grammatischen Strukturen des Amarusischen sind zum Glück unkompliziert. Wer kann schon gleichzeitig auf zehn Tonhöhen und einen komplizierten

Satzbau achten? Das war eine der wichtigen Forschungsfragen in der Habilarbeit. Alle Sätze haben die Form: Subjekt, Prädikat, Objekt. Gibt es mehrere Objekte, so werden sie nummeriert. Ich übertrage das einmal aufs Deutsche, damit es verständlicher ist als in der Habilarbeit: Ich – werfen – Ball1 Anne2 (ich werfe den Ball zu Anna). Woran man erkennt, dass die Sprache keine Deklination und Konjugation kennt. Alles, was einem zu fehlen scheint, wird durch Silben dargestellt. Ich komme auf mein Beispiel zurück:

Ich werfen Ball = ich werfe den Ball (wäre es ein Ball, würde die Zahl 1 vorgestellt: 1Ball, bei mehreren Bällen die entsprechende Zahl: 2Ball, 3Ball usw.).

- Ich werfen mu Ball = ich warf den Ball (mu bedeutet ‚vorhin‘)
- Ich werfen mú Ball = ich habe den Ball geworfen (mú bedeutet ‚gestern‘).
- Ich werfen m$^u$ Ball = ich werde den Ball werfen (m$^u$ = morgen)

Weitere Zeitsilben gibt es nicht. Hier ins Einzelne zu gehen, würde zu weit führen.

## Das Tagebuch – ein Auszug, Teil III

### Datei Nr. 132

Ich fürchte, ich kann demnächst nicht mal für meine eigene Erinnerung dieses Tagebuch sprechen. Ich bin mir nicht ganz sicher, aber ich denke, dass Siegfried in meinen Räumlichkeiten Kameras versteckt hat. Der Voyeur! Ich weiß nämlich jetzt, was ein Voyeur ist. Diese Wissenseinpflanzung hat funktioniert. Der Direktor meinte, ich würde mit diesem Wissen locker mein Abitur schaffen und dann eine steile Karriere hinlegen. Ich müsse mich nur eben an den Vertrag und die Abmachungen halten.

Ich werde mir noch ein gutes Versteck für das Handy suchen. Sonst nimmt er mir das ab, das darf nicht sein! Denn dann verliere ich die Erinnerungen an meine Reise. Das kennt man ja, mit der Zeit wird die Erinnerung verwaschen und unklar.

Die Rückreise war auf jeden Fall viel gemütlicher als die Hinreise. Es war ebenfalls ein Frachter. Ich hatte einen Sitz im Cockpit, direkt neben den fünf Piloten. Leider saß Siegfried die ganze Zeit dahinter. Aber das Weltall durch ein Kuppelfenster zu sehen, ist schon ein Erlebnis, für das sich vieles lohnt. Ich würde gern einmal hierher zurückkehren, wenn ich nicht – mehr oder weniger – eingesperrt bin. Beim Abflug konnte ich ein paar Sekunden die Oberfläche des Planeten sehen. Sowas von ordentlichen Straßensystemen, unglaublich. So viel Grün, Blau und Rosa. Keine Ahnung, was diese rosa Farbe ausmacht, es ist nicht der Himmel und es nicht sowas wie ein Wald. Der eine Pilot meinte, das seien Algen, die sich auf der Oberfläche verbreitet hätten. Und es sei ein wichtiger Rohstoff für Möbel.

Ich habe in diesen Stunden mehr über Alpha Centauri gelernt als während der ganzen Zeit meines Aufenthalts. Die Tiere, die Pflanzen, so viele neue Namen.

## Datei Nr. 133

So auf den ersten Blick ist es in meinem Zimmer gar nicht so übel. Und die Gemeinschaftsräume darf ich ebenfalls benutzen, wenn ich Gummischoner über die Füße ziehe, eine Kopfhaube und Handschuhe trage. Im ganzen Haus darf nur in meinem Zimmer und Bad was gefunden werden an Fingerabdrücken und DNA. Nun ja, wer Zeitungen gelesen hat, wird schon wissen, worum es geht.

Es kommen jetzt zwei Wochen, in denen Siegfried mit mir meine Geschichte übt. Die muss für acht Jahre sitzen, da dürfen keine Widersprüche auftreten. Bzw. ein paar kleine Widersprüche sind auch nötig, damit es überzeugender wirkt. Bloß nicht alles wie auswendig gelernt daherplappern.

Ich finde Siegfried unsympathisch. Er versucht zwar immer, so nett zu tun, aber seine Blicke sind komisch. Ich kann das nicht deuten. So war der Direktor nicht. Dann behauptet er, dass ich was falsch verstanden hätte. Mir hat nämlich der Direktor gesagt, Siegfried sei dafür da, für mich zu sorgen. Aber nicht, dass ich in der Küche stehen und kochen muss, seine Wäsche waschen und was nicht alles. Ätzend. Der

Aufenthalt hier ist auf zwei Wochen begrenzt, dann darf ich raus. Aber Siegfried traue ich zu, dass er sich nicht daran hält und mich weiter hierbehält. Ich werde vorsichtig sein, mir nichts anmerken lassen und gedanklich schon mal einen Fluchtweg planen.

Mir fehlt immer noch ein todsicheres Handyversteck. Gestern hat Siegfried mir schon eine Durchsuchung meines Zimmers angedroht. „Davon war aber bei den Abmachungen keine Rede!", schleuderte ich ihm wütend entgegen. Er lächelte nur sein widerwärtig schleimiges Lächeln und zischte: „Abmachungen, Abmachungen. Ich habe ein Top-Verhältnis zu dem Direktor, weil ich immer alle Aufgaben perfekt löse. Ich werde ihm genau erklären, warum ich alles durchsuchen musste und als was für ein perfides Luder du dich entpuppt hast. Da wird er die Strafmaßnahmen verstehen und gutheißen." – „Strafmaßnahmen? Was meinst du damit?" Er trat einen Schritt auf mich zu, viel zu nah, ich konnte seinen Atem spüren. „Das wirst du schon beizeiten sehen. Jetzt mach dich ab in dein Zimmer und lerne. Ich werde dich nachher zu Teil 1 abhören. Du weißt, der Teil wo ich dich vor der Schule abfange. Und wenn du einen Fehler machst ... also ich würde dir das nicht empfehlen." Dabei strich er fast liebevoll über das Küchenmesser, das neben ihm auf dem Tisch lag. Mir ist übel. Ich kann heute nichts mehr sprechen, ich muss lernen.

## Datei Nr. 134

Ich habe Gott sei Dank keinen Fehler gemacht. Siegfried schien richtig enttäuscht. Ich habe endlich hier im Garten eine Stelle gefunden, an der ich das Handy, eingepackt in eine Gefriertüte, verstecken kann. Es wird mir zu riskant, und wenn er mich gar nicht mehr rauslässt, dann findet er es. Der schreckt doch auch vor einer Leibesvisitation nicht zurück. Tschüss, liebes Tagebuch! Du warst ein guter Freund.

### Die Entführung der kleinen Emma

Ein Zusammenschnitt aus diversen Zeitungsartikeln.

Im Alter von sieben Jahren wurde Emma auf dem Schulweg von Siegfried Mehringer in Walzhausen entführt und gut zehn Jahre lang in seinem Haus gefangen gehalten. Auf der Straße sah sie den Mann vor sich. Sie überlegte kurz, ob sie die Straßenseite wechseln sollte. Aber sie ging weiter, und der Mann zerrte sie in seinen grünen Lieferwagen, fuhr mit ihr 57 Kilometer weit und steckte sie in ein Verlies, das er ihr unter der Garage seines Hauses gebaut hatte: zwölf Quadratmeter groß, hinter einer schweren Tresortür, daneben ein Badezimmer von vier Quadratmetern mit Toilette, Waschbecken und Lüftungssystem. Etwa zehn Jahre später gelang ihr die Flucht.

Emma konnte nach eigenen Angaben infolge einer Nachlässigkeit Mehringers an einem Mittwoch von dem Grundstück fliehen. Er wollte nur zu dem kleinen Laden an der Ecke, um Sahne zu kaufen, da er von ihr verlangt hatte, ihm abends Curryreis mit Huhn in Sahnesoße zu kochen. In dem kleinen Geschäft hatten sie keine Sahne mehr. Der nächste Discounter war einige Kilometer entfernt. Also ließ Mehringer Emma allein zurück, vergaß aber, den Riegel vor die Tür zu schieben. Sie lief aus dem Haus, sprach mehrere Passanten und Nachbarn an und bat um Hilfe, aber niemand reagierte. Zum Glück fuhr ein Streifenwagen die Straße entlang, der anhielt, weil sie wild gestikulierend am Straßenrand stand.

Später wurde Emmas Identität zweifelsfrei durch einen DNA-Test bestätigt. Auch ihre Eltern und ihre große Schwester Nadine erkannten sie wieder, ihre beiden jüngeren Brüder zuckten mit den Schultern. Ferner fand man im Haus des Entführers ihren Personalausweis.

Wer war dieser Siegfried Mehringer? Emma wollte keine Auskunft geben und schüttelte stets vehement den Kopf, wenn Berater und Therapeuten sie befragten. Später ließ sie verlauten, dass er sie wie eine Sklavin gehalten habe.

Siegfried Mehringer wurde auf den Färöer-Inseln geboren. Sein Vater war Gabelstapler in einer Getränkefirma, die Mutter Kosmetikberaterin, als Siegfried zur Welt kam. Die Familie entsprach dem Durchschnitt: Sie hatten zwei Autos, fuhren jedes Jahr zweimal in Urlaub in die Türkei und kauften schließlich ein kleines Einfamilienhaus in Freren (Emsland). Der junge Siegfried war ein Einzelgänger: Er mochte weder Sport noch Hunde. Lieber las er zu Hause Gedichte und pornographische Literatur aus Osttimor. Diskos und Partys lehnte er aus religiösen Gründen ab. Er sei ein wahrer Jummimat, hatte er angeblich gesagt. (Wir halten das für einen Hörfehler, Anm. der Redaktion).

In der Schule war Siegfried eifrig, aber mittelmäßig. Es fällt allgemein auf, dass der Junge offensichtlich damals so farblos war, dass sich kaum noch jemand an ihn erinnert. Im Fernstudium belegte er einen Bibliothekarskurs. Bibliothekare waren zu der Zeit nicht sehr gesucht, und es dauerte drei Jahre, bis er eine Anstellung in der Schulbibliothek von Walzhausen fand.

Er arbeitete noch kein halbes Jahr in Walzhausen, als sein Vater plötzlich verstarb. Er hatte seine Frau finanziell so gut abgesichert, dass sie keinen Job annehmen musste. Siegfried bekam eine neue Stelle in der Stadtbibliothek von Schramberg. Mutter und Sohn fanden ein geeignetes Haus in Schramberg, das Siegfried nach zwei Jahren kaufte. Seine Mutter kümmerte sich fortan um ihn, fast rund um die Uhr.

Als er drei Jahre im Job war, auch hier kann sich kaum einer seiner Kollegen an ihn erinnern, zog die Mutter in die Nachbarstadt, weil sie doch wieder arbeiten wollte. Dennoch putzte sie weiter Siegfrieds Haus, kümmerte sich um den Garten und kochte ihm das Essen für die nächsten Tage, bevor sie in ihr eigenes Leben zurückkehrte. Als sie starb, zog Siegfried zurück nach Walzhausen, wo er einen Halbtagsjob in der neu eingerichteten Museumsbibliothek übernahm. Das war ein halbes Jahr, bevor Siegfried die kleine Emma entführte.

Man vermutet, dass Siegfried sich Strukturen geschaffen hatte, in denen seine Entführung auch organisatorisch funktionieren konnte. Er kaufte das Meiste nur im nächsten großen Ort im Discounter ein, den Müll von Emma entsorgte er nachts in einer wilden Deponie im nächstgelegenen Dorf.

Emma hat Fragen nach sexuellem Missbrauch nie beantwortet. Allerdings war sie nicht sonderlich betroffen, als sie erfuhr, dass Siegfried auf der Flucht aus einem Hubschrauber erschossen wurde. „Ich war mir sicher, dass er seine Strafe für die gebrochene Vereinbarung bekommen würde", kommentierte sie das Geschehen. Später auf diesen Satz angesprochen, redete sie sich mit posttraumatischer Amnesie und Verwirrung heraus.

Von Emmas weiterem Schicksal ist nichts bekannt. Sie und ihrer Familie wurde der öffentliche Wirbel zu viel, sie änderten ihren Namen und sie zogen um. Es gibt Quellen, die besagen, dass Emma Mitte der 2030er Jahre ihr Abitur ablegte und dann eine wissenschaftliche Karriere einschlug. Belege dafür finden sich aber nicht.

## Archäologie V – Bergologie

Nach Gables Veröffentlichungen zur Linguistik der amarusischen Sprache ereiferte sich die Fachwelt – vor allem die Expertengruppe aus der Imerologia (Kalenderlehre) – über den wieder aufgetauchten Jumi. Alle wollten von der Spezialistin wissen, wie denn ‚Jumi' ausgesprochen wird? Jú-mí oder Jû-mi und welche der anderen möglichen Kombinationen? Gable beeindruckte sie mit ihrem Wissen: „Das ist ganz einfach. Man sagt Jumi wie Juni oder Juli."[*] Dann trat Ludwig Ölscher vors Mikrofon und bat um Ruhe. „Bitte denken Sie alle daran, diese Konferenz dient der Bergologie. Diese hitzigen Debatten gehören wirklich nicht hierher!" Dabei warf er Gable einen bösen Blick zu. Die zuckte nur die Schultern und lehnte sich gelangweilt nach hinten. Dann rief sie den anderen Zuhörern zu: „Ich könnte auch noch Interessantes über eine Kiste berichten, aber mir wurde ja das Wort entzogen." Gespannte Stille im Saal. Ölscher hustete ins Mikrofon.

---

[*] Diskussion nach einem Vortrag bei der Konferenz der Imerologen in Walzinskishausen, abgedruckt in dem Sammelband *Vorträge, Poster und Diskussionen auf der Imerologenkonferenz in Walzinskishausen*, Hrsg. Berthold Bruchstil, Wehrdich-Verlag, 1. Auflage (ohne Jahr).

Am Beginn seines Vortrags stellte er sich vor, obwohl das nicht wirklich nötig war, alle kannten ihn:

„Ich studierte erst alte Geschichte und Klassische Archäologie, wechselte aber bald in die Bergologie, wo ich mich auf Münzfunde spezialisierte. Meine Promotion erfolgte mit einer Arbeit zur freiplastischen Münzdarstellung an der Universität Wusselei. Ab 2005 leitete ich den Aufbau des bergologischen Instituts an der Universität Kairo, dem ich zwanzig Jahre lang als Direktor vorstand. In dieser Zeit habilitierte ich mich mit einer Arbeit zur frühen neanderthalischen Kleinplastik. Meine Technik der Annäherung an die archäologischen Gegenstände besteht in einer formanalytischen Methode. Durch die Ermittlung syntaktischer Befunde konnte ich einen Weg zur Bestimmung der Bedeutung und Funktion untersuchter Gegenstände ebnen. Ich glaube, das beschreibt mich vollumfänglich." Der letzte Satz war als Scherz gemeint, aber niemand lachte. Er räusperte sich kurz und suchte in seinen Unterlagen, während einige Teilnehmer höflich klatschten.

„Heute kann ich mit einer kleinen Sensation aufwarten. Die Ergebnisse der beschriebenen Ausgrabungen sind noch unveröffentlicht. Sie haben die Ehre, zum ersten Mal daran zu partizipieren."

Ölscher trank einen Schluck Wasser, ordnete sein Manuskript und schaltete den Beamer ein. Er nahm die Fernbedienung in die linke Hand.

„Meine sehr verehrten Damen und Herren, ich habe ein paar Folien vorbereitet, damit Sie meinem Vortrag nicht nur mit Worten folgen können." Ein ungeduldiger Zuhörer rief in den halb verdunkelten Saal: „Nun fangen Sie endlich an!"

Ölscher sah irritiert in die Menge, konnte den Sprecher aber nicht erkennen. Er antwortete mit erhobener Stimme: „Ich habe Sie erkannt! Das werde ich mir merken, wenn Sie das nächste Mal etwas von mir wollen!" Das konnte er leicht sagen, da er praktisch sowieso nie jemandem half. Dann begann sein Vortrag:

„Bauarbeiter haben beim Bau eines Brunnens am Neumarkt in Wuppertal-Elberfeld eine sehr alte Straße freigelegt, die mindestens aus der Zeit 2500 v. Chr. datiert. Weitere historische Funde verraten noch mehr über die Nutzung des Platzes zu dieser Zeit. Es wurde eine ganze Straße freigelegt, die vermutlich diagonal über den heutigen Platz führte.

Archäologen des Neanderthalisch-Dinosaurischen Museums gehen davon aus, dass rechts und links von der einstigen Straße Marktstände standen. Dafür sprächen weitere Objekte, die auf dem Platz gefunden wurden, wie beispielsweise sogenannte ‚Fellplomben‘. Dabei handelte es sich um Siegel, die an verkaufte Felle genäht wurden, um die Qualität der Stoffe zu bescheinigen und echte Felle von Synthetikfellen zu unterscheiden.

Neben diesen Siegeln lässt noch ein Gegenstand auf die Nutzung des Platzes als Marktplatz schließen: ein sogenannter ‚arithmetischer Knochen‘, also ein Rechenschieber aus jener Zeit. Damals wurde noch mit ganzen Zahlen im Kopf addiert, und wir wissen aus der Schule alle, wie lästig das manchmal sein kann. Der Rechenknochen war so gesehen ein Teil eines Laptops in vorchristlichen Zeiten.“

Ölscher legte eine kleine Pause ein, um die Bedeutung dieses Fundes zu betonen und den Zuhörern Gelegenheit zu geben, über seine witzige Wortwahl zu schmunzeln.

„Als die Bergologen dann über verschiedene münzgefüllte Tonvasen, sogenannte Kassensysteme, stolperten, zogen sie mich zu Rate und hinzu. Wir haben die Münzen vorsichtig mit Pinseln vom Schmutz befreit und poliert, nach Herkunftsland sortiert und geordnet. Ich verweise hierbei darauf, dass wir sie nach Wert, nicht etwa nach Durchmesser geordnet haben. Wir fanden das hilfreicher. Insgesamt fanden wir 138 Münzen: 16 aus China, 27 aus Kenia, 43 aus Helgoland, 34 aus Wuppertal-Barmen und 14, die wir nicht zuordnen konnten.

Intensive Radiojod-Untersuchungen und zielgerichtete Markierungsarbeiten gaben mir schließlich den bedeutenden Hinweis: Es musste sich bei diesen 14 Münzen um amarusische Münzen handeln! Das heißt, 2500 v. Chr. handelten die Amarusen noch mit anderen Völkern. Ich wandte mich daher an einen Amarusenspezialisten, Dr. Friedrich Wetterkorn. Zusammen untersuchten wir diese 14 Münzen." Ölscher drehte sich zu Gable: „Es tut mir leid, dass wir Sie nicht hinzuziehen konnten, natürlich wären Sie unsere erste Wahl gewesen. Aber wie Ihr Institut uns mitteilte, befanden sie sich auf einem sechswöchigen Urlaub in Bali, da wollten wir nicht stören."

Gable wollte zurückrufen: „Ich war gar nicht in Urlaub, das war eine Feldforschungreise!", aber Ölscher konnte dank Mikrofon einfach darüber hinwegreden.

„Ja, und Dr. Wetterkorn war begeistert. Es waren vierzehn besonders seltene Münzen. Wie er sagte, drei mit dem Wert Juni, neun mit dem Wert Juli und zwei mit dem Wert Jumi."

Gable eilte nach vorn und riss Ölscher das Mikrofon aus der Hand.

„Ich kann das nicht länger mit anhören, wie sie die amarusische Sprache verhunzen, Kollege. Nicht umsonst lautet das Sprichwort ‚Bergologe, bleib bei deinen Bergen'! Jumi ist nämlich der Name des Monats, die Münzen aber heißen Jûni, Julî und Jumí." Erwartungsvoll blickte sie Ölscher an.

„Aber werte Frau Kollegen, genau das habe ich doch gerade gesagt: Juni, Juli und Jumi!" – „Es heißt aber Jûni, Julî und Jumí!" – „Liebe Kollegin, das sage ich doch die ganze Zeit." – „Nein, lieber Kollege, das

tun sie nicht. Sie beachten die verschiedenen Tonhöhen überhaupt nicht. Was Sie gesagt haben
bedeutet: Kopf, Eiseskälte und Jumi."

Ölscher schubste sie zur Seite. „Das mag ja ganz
interessant sein, aber es geht doch jetzt um die
Münzen, die Sie hier auf dieser Folie erkennen
können. Es sind drei Sorten, das sollte doch wohl reichen." Er wandte sich wieder an das Publikum: „Die
archäologisch-bergologischen Untersuchungen werden nun fortgesetzt, um bis zu den Bodenschichten
aus der Dinosaurierzeit vorzudringen, teilten mir die
Kollegen mit. Der Baufortschritt für den Brunnen in
Wuppertal-Elberfeld sei davon nicht beeinträchtigt,
und es bestünde auch keine Gefahr, dass hier durch
die Grabungen nun wieder ein Brunnen als Drogen-
umschlagplatz in Wuppertal geschaffen wird."

Auf der nächsten Folie stand: „ENDE". Daraufhin
klatschten die Zuschauer und strömten in Gruppen ins
Foyer, um dort am Büffet über kleine Happen gebeugt
die Folgen dieser Befunde zu diskutieren. Ölscher
stand mit hochrotem Kopf im Zentrum des Gesche-
hens und beantwortete Fragen seiner Zuhörer und der
Presse. Sogar das Fernsehen war gekommen. Gable
eilte zum Ausgang, sie schnaubte immer noch vor
Empörung. An der Tür sprach der Türsteher sie an:
„Entschuldigen Sie, Frau Gable, ich bin Student der
Archäolinguistik im siebten Semester und bewundere
Sie und Ihre Arbeit sehr. Sie erwähnten vorhin eine

Kiste. Darf ich fragen, was das für eine Kiste ist und wo ihre Bedeutung liegt?"

Schnippisch gab Gable zurück: „Sie können alles fragen, solange Sie respektieren, dass ich das Recht habe, gar nicht zu antworten." Sie ging, ohne den Kopf zu wenden, zu ihrem Wagen.

## Mittelwort

Gestern in einem Gespräch mit einer anderen Autorin kam die Frage auf, ob ein Prolog am Anfang steht oder ob ich ihn dreist in die Mitte setze. Niemals würde ich etwas so Unverschämtes tun und dadurch gleichzeitig meine fehlende Bildung zeigen. Das ist nicht genial kreativ. Aber noch geistreicher ist es doch, da mögen mir alle Leser zustimmen, etwas ganz Neues zu schaffen – ein Mittelwort. Nun ist dieses Wort an sich nicht neu: Wer sich nicht vor dem komplizierten Wort ‚Partizip' aus der Grammatik scheut, kennt es bereits.

Grammatik: deutsche Bezeichnung für participium (Partizip)
Begriffsursprung: Kompositum aus dem gebundenen Lexem mittel- und dem Substantiv Wort, da ein Partizip sozusagen in der Mitte zwischen Verb und Adjektiv steht (es wird regelmäßig aus einem Verb gebildet, hat aber alle Eigenschaften eines Adjektivs).[*]

Der große Kniff ist es somit, dem Wort eine zweite, zusätzliche Bedeutung zu geben und diese mit einer Definition zu versehen. Ich will keineswegs dem alten

---

[*] https://www.wortbedeutung.info/Mittelwort/

Mittelwort, dem Prinzip, seine Bedeutung in der deutschen Grammatik nehmen.

Bevor ich also ‚mein Mittelwort' schreibe, definiere ich Vorwort und Nachwort. Dann sollte es exakt werden. Zuerst das Vorwort:

> In der Sach- und Fachliteratur gibt es auf den ersten Seiten sehr häufig ein Vorwort (es kann auch überschrieben sein mit „Zum Geleit", „Ein Wort zuvor" u. ä.). Feste Regeln zu Form und Inhalt gelten dabei nicht. Der Autor bzw. die Autoren eines Buches (ebenso der/die Herausgeber oder Dritte) können darin etwas sagen zur Idee des Buches, zu ihren Motiven und Zielen. Denkbar sind ebenso ein vorangestelltes Motto oder Zitat und Erläuterungen zur Anlage und Gliederung des Buches, zur Literatur- und Forschungslage und ggf. zu einer Neuauflage. Auch ein Dank an Zuarbeiter, an den Verlag, an Lektoren, Illustratoren und Übersetzer ist möglich. Ausgeführt wird gelegentlich etwas zum Ort des Entstehens, zur Gastfreundschaft von Bekannten und Verwandten und zu Stipendien in Verbindung mit dem Werk. Schließlich kann dies der Platz sein, das Buch jemandem zu widmen, der namentlich genannt wird. Zum Schluss werden oft ein Ort und ein annäherndes Datum (etwa „im Frühjahr 2015", „Dezember 2013") genannt, dazu der Name oder die Namen des/der Schreiber. Unabhängig davon können diese Themen auch in einer Einleitung oder Einführung als erstem Kapitel stehen.[*]

Selbstverständlich hilft Wikipedia auch bei der Definition des Nachwortes:

> Wie das Vorwort (Prolog) dient das Nachwort im Sinne des Geleitwortes bei einem Vortrag oder einem Buch als Verständnishilfe, Interpretation, Darlegung der Intention oder als

---

[*] https://de.wikipedia.org/wiki/Prolog_(Literatur)

Widmung. Die Schlussworte sind besonders bei dramatischen Werken gebräuchlich und sollen meist Gedanken des Dichters ausdrücken oder Fragen beantworten, die im Buch oder im Theaterstück offengeblieben sind, oder geben „die Moral von der Geschichte".... Dem Epilog sinngemäß ähnlich ist der Abspann bei Filmwerken.[*]

Logisch ist demnach, dass ein Mittelwort alle Kernstücke von Vor- und Nachwort enthält. Ich definiere Mittelwort so:

Das Mittelwort zeigt die Mitte eines Schriftstücks an. Allerdings ist das nicht wörtlich zu nehmen, sondern es wird nach Einschätzung des Autors irgendwo hinter den Anfang und vor das Ende gesetzt. Alles ist erlaubt, nur darf das Mittelwort weder die Handlung fortführen noch wesentliche Aussagen machen, die für das Verständnis des Buches wichtig sind.

Zum Beispiel kann der Autor dem Leser für seine Zeit danken, der Natur für die wunderbaren Schauspiele, seiner Mutter für den Grießpudding, Wikipedia für die Definitionshilfen usw. [**]

Ein passendes Mittelwort für das vorliegende Buch wäre beispielsweise:

*In diesem Buch hat der Leser bisher einige Figuren angetroffen, von denen wiederum einige ihn bis zum Ende begleiten werden. Wir hatten den Tod einer Journalistin zu betrauern. Aber bisher haben alle Wissenschaftler überlebt! Es darf jetzt weiter Spannung aufgebaut werden.*

*Ich danke an dieser Stelle meinen Lektoren Hannibal C. und Lucinda E., die mit großem Eifer versucht*

---

[*] https://de.wikipedia.org/wiki/Nachwort
[**] Ich selbst, hier an dieser Stelle.

*haben, die unvermeidlichen Fehler in diesem Manu-*
*skript wenn schon nicht zu beseitigen, dann auf ein*
*Minimum zu bringen. Außerdem danke ich dem Bio-*
*Supermarkt, in dem ich mittwochs zu speisen pflege,*
*für die leckeren Käsebrötchen.*

Danach kann ich wieder voll in die Geschichte einsteigen. Hat das Buch Vor- und Nachwort (oder Pro-
und Epilog) kann ich diese beiden in dem Mittelwort
(Mediolog) ansprechen. Das wäre ein weiteres Beispiel:

*Wie im Prolog schon angedeutet, handelt es sich*
*hier um das Lüften des Jumi-Geheimnisses. Ferner*
*wird ein knackiger Titel erarbeitet. Im Epilog wird der*
*Prolog mit dem Ende des Buches verknüpft, d. h. im*
*Epilog werden Gedanken des Prologs entweder auf-*
*genommen oder ad absurdum geführt oder ausgelas-*
*sen. Das soll den Witz dieses Buches erhöhen.*

Kann ich mich für keine der beiden Mittelwörter
entscheiden, ist es erlaubt, sie nummeriert hintereinander aufzuführen. Das gibt mir außerdem die Möglichkeit, weitere Medialoge hinzuzufügen, bevor ich den
Leser wieder in den Haupttext entlasse.

Just in diesem Moment klingelte das Telefon. Frau
Gable am Apparat. Das wusste ich natürlich noch
nicht, als ich den Hörer abnahm. Sie nannte ihren
vollen Titel: „Guten Tag, hier spricht Prof. Dr. Dipl.
Eva-Vanessa Gable. Ich habe gehört, dass Sie eine
Ausführung zu Vor-, Mittel- und Nachwort von mir

gestohlen haben. Das geht bitte schön gar nicht! Streichen Sie diesen Teil!"

Ich schnappte nach Luft. Ich habe diesen Text in elf Tagen mühsam erarbeitet, und jetzt behauptet die Frau, ich hätte ihr den gestohlen. Das ist wirklich unverschämt. Erst versuchte ich, ihr das in Ruhe zu erklären, aber sie gab einfach nicht nach mit ihren Behauptungen und beschimpfte mich dabei fortwährend. Ich forderte sie auf, mir mein Plagiat zu beweisen. Mal ganz abgesehen davon, dass es doch völlig zeitgemäß ist, Werke mit Plagiaten zu würzen.

Dann kam der Knüller: „Ich erkenne an Ihrem umständlichen Stil und Ihrer schwafligen Ausdrucksweise, dass Sie meinen in amarusisch verfassten Text einfach nur übersetzt haben, und das auch noch schlecht." – „Wie wollen Sie das vor Gericht beweisen?" – „Nun, ich lege meinen Ursprungstext vor. Jeder weiß, dass ich alle meine Arbeiten erst einmal in einer Fremdsprache verfasse, damit meine Arbeit einzigartig ist." – „Und wie soll das ein Beweis sein? Außer Ihnen kann doch niemand Amarusisch." Frau Prof. Gable war außer sich. Dann lachte sie: „Das ist so einfach, da würde jedes Kind drauf kommen. Natürlich beherrschen weder Richter, Staatsanwalt noch Verteidiger diese Sprache. Ich bin die einzige, die sie heute fließend spricht und schreibt. Daher werde ich als Gutachterin berufen."

„Sie widersprechen sich hier schon wieder: Erst soll ich Ihren Text in einer schlechten Übersetzung übernommen haben, dann aber werden Sie als einzig der Sprache Mächtige als Gutachterin befragt. Wie kann ich einen Text aus einer Sprache übersetzen, die nur Sie beherrschen?"

„Junge Frau", zwitscherte Gable ins Telefon, was ich als leere Floskel empfand, denn jung bin ich nicht mehr. „Ihre sogenannte Logik steht auf tönernen Füßen. Keiner wird Ihnen ein Wort glauben. Vor allem nicht, wenn ich anhand einer Rechnung und eines Geldeingangs auf meinem Konto belege, dass ich selbst diese Übersetzung angefertigt habe für Sie. Wenn Sie nicht eine hohe Geldstrafe zahlen wollen, geben Sie besser hier und jetzt meiner Vernunft nach!" Dann legte sie auf.

Ich bin ein bisschen erschüttert und fürchte, dass die Frau trotz aller Unlogik Recht bekommt. Woher soll ich eine größere Schadensersatzsumme nehmen? Andererseits kann ich auf negative Werbung hoffen, denn dieser Fall wird aufgewirbelt und jeder will mein Plagiat lesen. Dennoch ist Gable vielleicht auch schnell genug und verhindert den Druck.

Liebe Leser, die Chancen stehen schlecht, dass ich hartnäckig bleibe. Entschuldigt also, wenn ich dieses ganze Kapitel über das Mittelwort und meine beiden Mittelwörter weglasse.

## Linguistische Forschung III

Frau Gable hat vor wenigen Monaten eine Hypothese veröffentlicht, warum ihrer Erkenntnis nach das Amarusische ausgestorben ist. Ich veröffentliche hier ihren Artikel ungekürzt:

*Der Absturz des Amarusischen*[*]

In meiner Funktion als Toplinguistin habe ich mich intensiv mit der amarusischen Sprache beschäftigt. Sie hat ihre eigene Faszination, und es ist sehr bedauerlich, dass sie heute außer mir niemand mehr beherrscht. Mir fehlt der Dialog! Das war meine Einleitung.

Viele Lebewesen auf der Erde kommunizieren, aber nur der Mensch verständigt sich mit einem logischen System von Lauten und Begriffen, der Sprache. Manche Sprachen sind kompliziert, andere logisch – und alle klingen spannend für fremde Ohren. Außer vielleicht Niederländisch, das ich hier ausnehmen möchte. Meine Ohren beleidigt es.

Wissenschaftler aus verschiedenen hochrangigen Instituten fanden Hinweise darauf, dass Sprechfähigkeit und die moderne Sprache, wie wir sie kennen, mindestens bis zum letzten gemeinsamen Vorfahren von Amarusen und modernem Menschen (Homo sapiens) vor etwa 500 000 Jahren zurückreichen und in einem allmählichen Prozess der Koevolution von Kultur und Genen entstanden sind.

---

[*] *Sprache heute*: Ausgabe 15/2023, S. 25 ff.

Vor rund 500 000 Jahren verfügte der Mensch bereits über die anatomischen Voraussetzungen, einerseits Laute zu hören, aber vor allem diese mit Hilfe des Kehlkopfs und des Zungenbeins zu bilden. Das Sprachzentrum im Gehirn ist hingegen wesentlich älter. Wissenschaftler erkannten schon vor zwei Millionen Jahren, dass sich bei ihren Zeitgenossen die Sprachzentren ‚Broca' und ‚Wernicke' auszubilden begannen, auch wenn sie diese Areale noch anders nannten.

Der Mensch verfügt über ein Gen – nämlich Gen FOXP2 –, das seine Sprachfähigkeit vererbt. Jedoch wird uns die Frage nach dem Ursprung menschlicher Sprache noch lange beschäftigen.

Was unterscheidet in der Sprache den Menschen von Tier und Baum? Auch diese kommunizieren und äußern Wohlsein oder Unwohlsein. Menschen sind jedoch die einzigen Lebewesen, die Sprachelemente logisch kombinieren.

Diese wissenschaftlichen Erkenntnisse kann ich nicht vorbehaltlos unterschreiben. Ich kenne zu viele Menschen, denen Logik völlig abgeht, die aber dennoch – leider – zu den Menschen zählen. Das erkennt man daran, dass sie beispielsweise einkaufen gehen können. Aber ich bin es ja gewohnt gegen den wissenschaftlichen Konsens zu schwimmen.

Ma-ma! Pa-pa! (Im Türkischen sind es An-ne! Und Ba-ba, im Amarusischen waren es Jú-jù und Lî-li) sind die ersten Laute, die Babys im Alter von etwa vier oder fünf Monaten von sich geben. Das sind aber keine Wörter, nicht wirklich, sondern sie ahmen damit nach, was sie bereits im Mutterleib mithören mussten.

Rund 7.000 verschiedene Sprachen werden derzeit von den Menschen auf der Erde gesprochen, außerdem eine Unzahl von Dialekten. Sprachwissenschaftler zählen dabei grundsätzlich nur lebende Sprachen, was ihre Forschungen logischerweise extrem einengt. Ohne das Amarusische entbehrt jeder Sprachenkatalog – an dem hunderte Sprachwissenschaftler weltweit arbeiten – einer nachvollziehbaren Aussagekraft.

Wie sich all diese vielen Sprachen über die Jahrtausende um den Erdball verbreiteten konnten, ist nach wie vor nicht endgültig geklärt[*].

Wie leicht oder schwer eine Sprache zu erlernen ist, hat viel mit der Ähnlichkeit ihrer Strukturen mit denen der eigenen Muttersprache zu tun. So der Sprachwissenschaftler Johannes Kringel[**]. Deshalb sei das Lernen von Englisch als germanischer Sprache für Deutschsprachige in der Regel leichter als Russisch, Finnisch oder Türkisch. Hier stimme ich Kringel zu, weil es erklärt, warum das Amarusische vermutlich von Chinesen einfacher erlernt werden kann als von mir.

Lebende Sprachen können aussterben, wie auch biologische Entitäten. Ich habe daher auf einem Symposium letztlich angeregt, eine Sprachsamendatenbank anzulegen, in die alle Sprachen aufgenom-

---

[*] Die Phrase „ist ... nicht endgültig geklärt" gehört in jede wissenschaftliche Arbeit.

[**] *Sprache heute, gestern und übermorgen*, 16/2004, S. 174 ff.

men werden. Den Anfang sollten wir mit den Sprachen machen, die massiv vom Aussterben bedroht sind. Dann kommen Amarusisch, Latein, Altgriechisch und die alten Sprachen Südamerikas. Zu allerletzt sollten dann die modernen gesprochenen Sprachen implementiert werden. Wenn der Vorgang allzu viel Zeit einnimmt, werden vermutlich in der Sektion *Lebendige Sprachen* nur noch Englisch und Chinesisch existieren.

Diese Ausführungen bringen uns logisch und eindeutig an den Punkt, wo wir erklären können, warum eine sehr alte Sprache wie das Amarusische, das sich parallel zur Evolution des Menschen entwickelte, dann vor knapp 3000 Jahren doch untergegangen ist.

In anderen Arbeiten habe ich die amarusische Grammatik kurz angerissen. Ohne jetzt alle Formen und Regeln hier aufzuführen, erinnere ich in Kurzfassung:

Die grammatischen Strukturen der Tonsprache Amarusisch sind einfach. Alle Sätze haben die Form: Subjekt, Prädikat, Objekt. Gibt es mehrere Objekte, so werden sie nummeriert. Die Sprache kennt weder Deklination noch Konjugation. Alles, was zu fehlen scheint, wird durch Silben dargestellt.

Aufgrund ihrer großherzigen Einstellung dem globalen Handel gegenüber waren die Amarusen bemüht, ihre Sprache immer stärker zu vereinfachen. Ihren Sprachwissenschaftlern entging dabei, dass es nicht nur die Grammatik war, die Ausländern das Erlernen der Sprache erschwerte, sondern vor allem ihre Tonalität. Im Rahmen dieser falschen Erkenntnisse bemühten sie sich, die Sätze immer stärker zu vereinfachen. Es wurde viel nummeriert, mehrere Silben wurden angehängt. Selbst kurze Sätze wandelten sich zu komplexen Gebilden. Ich bringe dafür ein Beispiel, das ich auf die deutsche Sprache übertragen habe:

- Ich warf dir einen Ball zu.
- Ich werfen ‚gestern‘ zu ‚dir‘ Ball.
- Ich werfen ‚Vergangenheit‘ Richtungspräposition zu dir im Dativ 1 Ball-Objekt.
- Ich werfen ‚Vergangenheit unspezifiziert‘ ‚Richtungspräposition 5‘ zu Dativ-Person Vertrautheitsgrad dir Zahlwort 1 ‚Objekt unspezifiziert‘ Ball.

Den amarusischen Muttersprachlern war das schon im Mutterleib vertraut geworden, sie hatten mit wachsend komplexen Gebilden keine Probleme, vielmehr waren sie überzeugt, dass die Sprache immer einfacher wurde. Häufig las man an Felswänden auch, wie sich einige Satiriker darüber lustig gemacht haben, dass die Jugendsprache simplifiziert und somit unflätig und geharnischt ist. Die Jugend selbst fand sie simpler und treffender. Bei Übersetzungen ergab sich dadurch ein krasses Verhältnis.

Die Amarusensprache wurde immer einfacher, aber länger. Vergleichen wir einmal Englisch und Deutsch: Ein englischer Text ist 15 bis 20 Prozent kürzer als seine deutsche Übersetzung. Für Übersetzer ins Deutsche ist das von Vorteil, solange sie nach Zeilenzahl in der Zielsprache bezahlt werden.

Englischübersetzer erhalten für ihren Text somit 15 bis 20 Prozent weniger Geld, um einen deutschen Text in ihre Muttersprache zu bringen. Daher empfehlen wir ihnen, sich nach der Zeilenzahl im Ausgangstext bezahlen zu lassen.

Merken wir uns das Verhältnis 15 bis 20 Prozent. Bei einem Vergleich des Amarusischen und des Deutschen ergibt sich eine Verkürzung bei Übersetzung ins Deutsche um 75 Prozent. Insoweit sollte es Altertumsforscher nicht wundern, warum die Amarusen als langsam galten und zum Beispiel den zusätzlichen Monat, den Jumi, benötigten. Sonst hätten sie am Silvesterabend vor ihrer Höhle gestanden und die Einkaufsliste vom Oktober vorgelesen!

Meine spezielle Entdeckung aber ist, dass ich herausgefunden habe, warum nicht nur die amarusische Sprache, sondern auch die Amarusen ausgestorben sind. Zu jenen Zeiten (der letzte Amaruse lebte etwa 850 v. Chr.) wurden Streitereien und Auseinandersetzungen per Kampf gelöst. Ein Dorf bekämpfte das andere (kein Problem, wenn beides amarusische Dörfer waren), ein Stamm den anderen. Nun, werte Leser, stellen Sie sich bitte zwei Heere vor. Links, nein besser: rechts standen die germanischen Recken, die zu jener Zeit noch ein wenig dümmlich waren und außer ihren Keulen nicht viel Technik entwickelt hatten. Links wartete das amarusische Heer, ein Muster an Disziplin und Heldentum und mit der modernsten Technik ausgerüstet. Beide Heere wurden geleitet von einem General oder obersten Befehlshaber. Sprach der germanische General: „Los, schwingt die Keulen, macht keine Gefangenen!", so hörte man von der amarusischen Seite den Satz: „Los-mú-mímau-lị schwingen-ber-ber-mû die-bér-vẹm Keule-nụ-no-no-zem-mû-mụ-lî-mau-lì-mu-mu." Bis zu ‚macht keine Gefangenen' kam der Amaruse gar nicht mehr, weil die Germanen das gesamte amarusische Heer bereits gekeult hatten. Der Niedergang der Amarusen war somit ein Tod durch eigene Hand aufgrund des Hangs zur Perfektion.

## Leserbriefe

Mittlerweile habe ich diverse Leserbriefe zu diesem Buch erhalten. Sicherlich werden im Lauf der Jahre weitere hinzukommen, aber ein paar möchte ich schon mal vorstellen:

*Sehr geehrte Frau Wilkesmann,*
*ich lese alle ihre Bücher mit großer Begeisterung. Ich habe alle Ihre Rezepte nachgekocht. Deshalb habe ich mir auch dieses Buch gekauft. In mehreren Ihrer Bücher hatten Sie ja bereits den Jumi erwähnt, ich habe mir damit in diesem Band wirklich auch eine Aufklärung versprochen. Vielleicht – wegen der ‚Iden' – sogar mit einem kleinen historischen Zusammenhang.*
*Der Jumi geht aber völlig unter in ihren Ausführungen zum Amarusischen. Da fühle ich mich hintergegangen.*

*Ich bin sprachlich desinteressiert. Warum nennen Sie das Buch nicht „Die Iden der Amarusen"? Dann hätte ich Bescheid gewusst und nicht gekauft.*
*Enttäuschte Grüße*
*Martha Biedermann*


Liebe Frau Biedermann,
Sie haben natürlich völlig Recht. Jeder Leser, der einen Leserbrief schreibt, hat erst einmal Recht, das ist Psychologie.
Ich werde – Ihr Einverständnis vorausgesetzt – eine Reihe aus diesem Buch machen und nenne den nächsten Band ‚Die Iden der Amarusen'. Dort gehe ich dann detailliert auf den Jumi ein.
Viele Grüße
Ute-Marion Wilkesmann


*Ey, was ist das für ein Schwachsinn? Ich habe gedacht, das ist ein Krimi, und dann kommt dann sowas Pseudowissenschaftliches. Lernen Sie erst mal schreiben.*
*Tim*


Lieber Tim,
du hast Recht. Ich werde mir Mühe geben.
VG UMW

*Hallo Ute,*

*ich habe das Buch nicht verstanden. Was willst du deinen Lesern damit sagen? Geht es da um Frieden unter den Menschen? Oder trittst du gegen die Schulpflicht ein?*

*Gruß Maria*

Hallo Maria,

ich habe immer eine Botschaft für meine Leser. Manchmal habe ich sie aber zwischen den Zeilen versteckt.

Viele Grüße

Ute

*Guten Tag Ute,*

*ich hoffe, ich darf Ute sagen? Ich bin zwar auch schon nicht mehr der Jüngste, vielmehr fast der Älteste LOL, aber das ist doch irgendwie persönlicher. Ich habe dein Buch gekauft und überlege jetzt, ob ich es lesen soll. Kannst du es mir empfehlen oder sollte ich versuchen, es umzutauschen?*

*Danke im Voraus*

*Gruß*

*Werner*

Hallo Werner,

das ist eine gute Frage. Sobald ich das Buch durchgelesen habe, gebe ich Dir Bescheid.

Viele Grüße

Ute


*Sehr geehrte Frau Wilkesmann,*

*mir wurde ein Ansichtsexemplar Ihres Buches vom Verlag zugesandt. Sonst hätte ich es mir bei dem Titel nicht gekauft.*

*Ich bin entsetzt. Schon auf den ersten Seiten machen Sie Vorschläge, die Hohn für jeden Arbeitslosen, geschweige denn einen Langzeitarbeitslosen sind.*

*Sie nennen Streiks die Geißel der Moderne. Wie können Sie so etwas wagen? Haben Sie nicht selbst erwähnt, dass Ihr Großvater in der Gewerkschaft war und der Leiter der lokalen Gewerkschaft seine Beerdigung besucht hat? Und jetzt besudeln Sie das Erbe Ihres Großvaters? Er würde sich im Grabe herumdrehen.*

*Ich werde Ihr Buch nicht empfehlen!*

*Hochachtungsvoll*

*Dr. Walter von Schwalbe, Leiter der Sektion Literatur der Gewerkschaft NRW*


Sehr geehrter Herr Dr. von Schwalbe,

es tut mir sehr leid, dass Ihnen mein Buch nicht gefällt. Ihre Zitate sind jedoch aus dem Zusammen-

hang gerissen. Im Übrigen kann ich sie beruhigen: Erstens wurde mein Großvater verbrannt und zweitens ist das Grab schon vor zwanzig Jahren eingeebnet worden. Er kann sich daher nicht mehr drehen.
Viele Grüße
Ute-Marion Wilkesmann

*Liebe Ute,*
*in deinem Buch sind keine Bilder. Ich habe deshalb ein paar für dich gemalt.*
*Lisa*

Liebe Lisa,
vielen Dank für die tollen Bilder! Mal weiter.
Viele Grüße
Ute

*Hi Marion,*
*ist dir eigentlich klar, dass du mit deinen Machwerken sensible Leser vor den Kopf stößt? Es wimmelt nur so von Blasphemien. Wie du über Sekten schreibst, es ist unglaublich. Wir sind keine Sekte, wir sind die wahren Gläubigen!*
*Lass ab von deinem Unglauben, sonst müssen wir dir körperlich deutlich machen, wer wir sind.*
*XXX (Prediger der wirklich wahren Jummimaten)*

Lieber XXX,

das war nicht meine Absicht, ich wollte niemand ver-
höhnen. Nicht einmal dich! Es wäre aber eine Grundlage für ein weiteres Buch.

Viele Grüße

Ute-M. Wilkesmann


*Hallo du Schwein!*

*Selten habe ich so viele Obszönitäten an einem Stück
gelesen. So viel Schweinskram, und das, kurz bevor
die Welt untergeht. Aber das ist dir anscheinend egal.
Möge deine Seele in der Hölle verrotten, vergammeln
und verschmoren.*

*Abel alias dein Feind*


Hallo Abel,

bist du sicher, dass du mein Buch meinst? Ich kann
mich an keine einzige Schweinerei erinnern. Bitte
bringe ein Beispiel, ich werde das dann in einer neuen
Auflage revidieren.

Betrübt – Gruß Ute


*Hallo immer noch Schwein,*

*wenn du schon so verroht bist, dass du deinen fotzigen
Schweinskram nicht mal mehr erkennst, wenn er sich
vor deiner dreckigen Haustür und in deiner versifften
Küche häuft, ist dir versauten Hure nicht zu helfen.*

*Wenn ich dich in der Stadt sehen sollte, spucke ich dir ins Gesicht.*
*Abel*

Sehr geehrter Herr Abel,
ich fordere Sie auf nach Paragraph 65a, Satz 3, Strafgesetzbuch, meine Mandantin Frau Ute-Marion Wilkesmann nicht länger in so unflätiger Weise zu beschimpfen. Wir werden sonst Klage einreichen und Sie zur Verantwortung ziehen. Das fällt unter Beleidigung und Rufschädigung und kann Sie teuer zu stehen kommen.
Mit freundlichen Grüßen
Dr. Susanna Kussfuß – Rechtsanwältin

*Hallo Ute,*
*ich bin Studentin der Archäologie im 3. Semester. Meine Mutter hat mir dein Buch zum Geburtstag geschenkt. Das ist wirklich sehr interessant und gut recherchiert.*
*Ich möchte dein Buch gern im Fach ‚Ethmylogisch-rhythmische Psychologie‘ zur Grundlage meiner Masterarbeit machen. Würdest du sie freundlicherweise Korrektur lesen?*
*Vielen Dank!*
*Gruß Jule*

Liebe Jule,

wenn du jemandem zum Korrekturlesen brauchst, kann ich dir eine Adresse empfehlen – preisangemessen, qualitativ topwertig und schnell.
Ich selbst habe leider keine Zeit dafür, da ich gerade eine Lesereisetour durch Deutschland mache.

Gruß

Ute


*Liebe Ute,*

*ich finde dein Buch echt genial geil. Es hat einen Ehrenplatz in meinem Bücherschrank. Könntest du mir bitte ein Exemplar mit einer Widmung schicken? Zum Beispiel „Du warst meine Muse, Guido".*
*Ich würde mich auch am Porto beteiligen.*
*Danke!*
*Guido Jenkins*


Lieber Guido,

bitte wende dich an meine Agentin, sie wird dir gern eine Autogrammkarte von mir zukommen lassen.

Viele Grüße

Ute


*Hallo Ute,*

*darf ich mich vorstellen? Ich bin Margitta aus dem Sauerland, Mutter von vier leiblichen und sechs adoptierten Kindern, alleinerziehend. Mein Mann hat mich, kurz nachdem wir den kleinen Nuntius – unseren Jüngsten – adoptiert hatten, für eine jüngere Frau verlassen, die auch noch meine Freundin ist und drei Tage vor mir Geburtstag hat.*

*Meine Kinder helfen mir viel im Haushalt, ich gehe nachts Putzen und tagsüber sitze ich an der Kasse bei Lidl. Trotzdem reicht das Geld vorne und hinten nicht. Ich kann meinen Kindern nicht viel bieten.*

*Könntest du mir von deinen Belegexemplaren bitte zehn Stück für meine Kinder und eines für mich schicken? Wir würden uns total freuen und die kleine Gretel hat auch schon ein schönes Bild für dich gemalt, das lege ich bei.*

*Herzliche Grüße*

*Margitta*


Liebe Margitta,

ich erhalte von BoD keine kostenlosen Ansichtsexemplare. Ich muss jedes Buch selbst bezahlen. Ich bekomme aber einen Sonderpreis, wenn ich 200 Stück bestelle. Wenn du 200 statt 11 Bücher möchtest, lasse ich sie dir zum ermäßigten Preis zukommen.

Viele Grüße

Ute

*Du dumme Kuu. Immer hackst du auffe Rechtsschrei-*
*bung herrum. Muss ich mihr nicht antuhn.*
*Kunold*

(Keine Antwort an Kunold)

## Forensische Regionallinguistik

Die forensische Regionallinguistik ist eine relativ
junge Wissenschaft. Der erste bekannte Forscher
dieser Richtung war eine Frau: Stylia Alexandria
(1921 – 2013). Nach dem Schulbesuch studierte sie
Klassische Linguistik und mittel- und neuchinesische
Philologie. Im Anschluss war sie von 1962 bis 1977
Direktorin des Archäologischen Museums Wusselei.
Von 1977 bis zu ihrer Emeritierung 1991 hatte sie
einen ordentlichen Lehrstuhl für Klassische Linguistik
an der 1973 gegründeten Universität Samoa inne. Ihre
Forschungsschwerpunkte waren die Inschriften der
frühminoischen Gräber am Hafen von Knossos und
der Kolumbarien in Wuppertal-Ronsdorf (städtischer,
nicht katholischer Friedhof). Ihre Veröffentlichungen
bearbeiten das gesamte Spektrum linguistischer
Themen, die sich auf die Monatskultur beziehen,
darunter auch den Jumi. Ihr Hauptwerk *Der Ursprung
des Jumi in europäischen Dialekten* (1967) erschien
u. a. in englischer, französischer und arabischer Übersetzung.

Als Neokrassistin befasste sie sich hauptsächlich mit der Literatur zu den Monaten: mit der Traumerzählung Kaiser Otto IV, dem Versroman *Januarios* von Vincente Cornfluss und dem Hirtenidyll *März bis Juni*, aber auch mit einem französischen Heldenepos und dem Dichter des amarusischen Freiheitskampfes, Jujuju Berzemli.

In den Jahren nach ihrer Emeritierung entwickelte Alexandria die ersten Analysen der forensischen Regionallinguistik. Anhand regionaler Dialekte soll mit dem Sprachenskalpell (einem Computerprogramm) die Grundlage einer ganzen Sprache erklärt werden. Viele Jahre hat sie sich mit der variablen Aussprache des Wortes Creme (aus dem französischen) im Rheinländischen (dort sagt man ‚Kräm‘) und im Hannoveranischen (hier sagt man ‚Kreeme‘) beschäftigt und hergeleitet, wie dieser Unterschied zum Ende des Zweiten Weltkriegs und zur Wiedervereinigung Deutschlands führte.

Spätere Forscher entwickelten ihre ersten groben Werkzeuge weiter. Vor allem Alexandrias Schüler Noah Modolsky (geboren 1952) hat erheblich zur Etablierung dieses Forschungszweigs beigetragen. Er ist Professor an der University of Seoul. Von ihm stammt die Theorie der regionalen Grammatik, auch Modolsky-Pyramide genannt. Er schrieb bis heute mehr als hundert Bücher.

Die Theorie der regionalen Grammatik besagt, dass alle Sprachen regional unterschiedlich ausgeprägt sind, was weltweite Konsequenzen zur Folge haben kann. Darüber hinaus schlug Modolsky vor, dass Menschen eine angeborene Fähigkeit haben, ihre Muttersprache zu verlernen.

Seit etwa zehn Jahren beschäftigt er sich mit dem verschollenen Monat Jumi, seiner Entstehung und seinem Niedergang. Er hat eine zehnbändige Reihe geplant, von der bis heute ein Band veröffentlicht wurde. Dort geht es um die Anfänge des Jumi.

Seine Thesen stehen in krassem Widerspruch zu Gables Theorien. Wann immer sie gemeinsam auf einem Symposium oder einer Konferenz auftreten, greift er sie aufs heftigste an. Er würde ihr ja die Kompetenz in Sachen Amarusisch gar nicht absprechen, aber ihre Schlussfolgerungen für den Jumi seien absolut lächerlich. Wörtlich sagte er: „Liebe Kollegin, Ihnen sollte wirklich klar sein, dass der Aufstieg und Untergang der Amarusen nur einen korrelativen Zusammenhang mit dem Aufstieg und Untergang des Monats Jumi hat, von einem Kausalzusammenhang können, ja dürfen wir hier nicht sprechen!"

Gable antwortete in bestem Amarusisch, was daher Modolsky nicht verstand. Der Wissenschaftler zuckte mit den Schultern und zeigte ihr einen Vogel. Zu seinen Anhängern sagte er später: „Auch ein hoch-intelligenter Mann wie ich muss nicht alle Sprachen sprechen. Das Vogelzeigen hat einen überregionalen Verständnisgrad, der sogar bis in kleinere Intellekte reicht."

Ich hatte Gelegenheit, ein Exemplar des ersten Bandes *Der Jumi – regionaleuropäische Durchleuchtung* frisch aus der Druckerpresse zu lesen. Es ist sehr gut geschrieben, fachlich kompetent, dennoch für Laien verständlich. Allerdings beschlich mich bei seinen Ausführungen der Verdacht, dass er Dokumente aus der Kiste zugrundegelegt hat, die einst in meinen Besitz gelangte. Dies ist an anderer Stelle auszuwerten und zu beweisen, wenn möglich.

Besonders interessant ist in dem Band die Herleitung des Monatsnamens Jumi. Modolsky bestreitet jeden Zusammenhang mit dem Amarusischen. Seine berühmte Vier-Buchstabenbegründung sieht aus wie folgt[*]:

Erster Buchstabe: J. Dieser Buchstabe ist in vielen europäischen Sprachen vorhanden. Ich nenne nur einige Beispiele: jungle (englisch), jour (französisch), ja (deutsch), jobbe (norwegisch) usw. Daher war es nur logisch, dass ein Sandwich-Monat zwischen Juni und Juli auch mit diesem Buchstaben beginnen muss.

Zweiter Buchstabe und somit Abschluss der ersten Silbe: U. Auch hier fällt als Erstes die Übereinstimmung mit den beiden Hüllmonaten auf. Kombinieren

---

[*] Inhaltlich übernommen aus *Monster unserer Sprache*, 1967/4, S. 3ff.

wir hier nun die quasiregionalen Bedeutungen der Silbe ‚Ju‘, so ergibt sich ebenso in vielen Regionalsprachen, dass die Silbe eine ‚meaning‘ (engl. für Bedeutung) trägt, die diesen fröhlichen Monaten eine positive Vehemenz verleiht: Ju ist frisch wie in Jugend, wild wie in Jungle, beruhigend wie in Jour und eifrig (der Bauer auf dem Feld) wie in jobbe.

Dritter Buchstabe: Er leitet die zweite Silbe ein und ist wichtig, um von den Hüllmonaten zu unterscheiden. ‚L‘ und ‚N‘ sind somit ausgeschlossen. Aufgrund der zeitlichen Nähe sollte dieser Buchstabe jedoch einen regionalen Kontakt zu L und N haben. Schauen wir uns die Tripletdetails des Alphabets an dieser Stelle an: K-L-M für Juli sowie M-N-O für Juni. Als Erstes fällt auf, dass beiden Tripletdetails der Buchstabe M gemeinsam ist. M ist im Übrigen ebenfalls ein internationaler Buchstabe, der vor allem in Europa eine sehr beschützende, wärmende Bedeutung hat. Man denke hier nur an Wörter wie Mama, Mutti, Mutter / mother, mom / maman / mor / madre usw. Alle bezeichnen gebärende Menschen. Als Mittelmonat (m!) wird er von den Hüllmonaten geschützt und bewahrt wie ein Fötus im Mutterleib. Kein anderer Buchstabe wäre hier sinnvoll und möglich gewesen.

Bevor er den vierten Buchstaben diskutiert, betrachtet Modolsky noch die ersten drei Buchstaben als Trio: JUM. Im Deutschen haben einige Wörter einen solchen Wortanfang: JUMbo, JUMbopackung (also etwas Großes) und JUMper (englisch für Strickjacke). Auch dieses Trio hat eine einhüllende, schützende Wirkung, es ist ein Verweis auf die Hüllmonate. Aber JUM wie in Jumbopackung weist u. a. auf Größe im übertragenen Sinne hin. Eine weitere Entdeckung von Modolsky ist, dass die drei Buchstaben durchaus auch im Wortinnern zu finden sind. Da ist einmal Bujumbura, eine Stadt in Burundi. Dies sieht er als Beleg dafür, dass der Jumi zwar in Europa weiter verbreitet war, aber möglicherweise mit Emigranten in andere Kontinente publik gemacht wurde bzw. sie seine Verwendung gesellschaftsfähig machten.

Sogar einen altägyptischen Ursprung konnte er anhand des Wortes Fajumporträt herstellen. Hierbei handelt es sich um ein Mumienporträt[*] bzw. in der Moderne um eine Bezeichnung für auf Holztafeln gemalte Porträts, die sich in Ägypten auf Mumien angebracht fanden.

Vierter Buchstabe: Es bedarf fast keiner Erwähnung, dass der vierte Buchstabe – ‚I‘ – unumgänglich war, um das Triplet zu umschließen. Der I-Laut am Ende der drei Monatsbezeichnungen geht melodiös und stimmungsmäßig nach oben. Es ist ja auch eine Zeit, in der das Wetter nach oben zeigt: Die Winterkälte ist vorbei, mit den steigenden Temperaturen

---

[*] Mumie beginnt auch mit ‚mu‘!

steigt die Laune der Menschen, ohne dass sie schon von der Sommerhitze erdrückt wird.

Modolsky wagt auf den letzten Seiten die These, dass der Niedergang dieses Monats ferner einen Blick darauf gewährt, dass sich die Menschen damals schon des Klimawandels bewusst waren. Angenehmes Wetter ist von Juni bis Juli nicht mehr garantiert. Vielleicht wurde sogar auf einer Umweltkonferenz in alten Zeiten beschlossen, den Monat Jumi absichtlich zu streichen, um die Nachwelt damit vor dem Klimawandel zu warnen. Jedoch wurde dann leider gleichzeitig die Erinnerung an den Jumi gelöscht, und die Warnung unserer Vorfahren verhallte im Wind der Gezeiten.

Ein anderes schriftliches Dokument (kodiert in einem griechischen Mosaik) macht zusätzlich eine gewisse Heldenverehrung möglich. So wie der August nach dem Kaiser Augustus benannt wurde.

Du würdest Jum nicht zweimal ansehen, wenn er dir auf der Straße entgegenkäme. Er sieht aus wie jeder andere Stadtbewohner, den man seinen Geschäften nachgehen sieht. Bis er in die Schatten schlüpft, um einen Schwarm Shuriken auf seine Gegner zu werfen, um sie weich zu machen! Aber erst, wenn er sich dem Kill nähert, werden seine Fähigkeiten deutlich. Sein Training erlaubt es ihm, sogar mit einem Samurai im Nahkampf mitzuhalten, solange sie nicht wissen, dass er sie holen will!

Jum ist einfach: Selbst gegen einen schlauen Gegner kann er immer noch seine Tarnung und Shurikens Combo-Angriff einsetzen, um Schaden zu verursachen, aber sein überraschender Nahkampf ist zu fürchten. Ein sehr praktischer Silvermoon-Killer.[*]

Zwei weitere eher lokale Phänomene erweitern unser Bild vom Jumi, so Modolsky. In Köln und Wuppertal beispielsweise wird das Wort ,Gummi' wie ,Jummi' ausgesprochen. Her bedarf es nur einer kleinen schriftlichen Fahrlässigkeit, um das erste M zu erasern[**] und die erste Silbe zu elongieren[***]. Ob dies für die Monatsbezeichnung Jumi inhaltliche Konsequenzen hatte, ist in weiteren Studien zu untersuchen. Genau wie das englische ,Yummi' (sprich jammi). Lecker, lecker. Das witzige Schlusswort von Modolsky möchte ich hier nicht übergehen: „Der Jumi ist eben ein dehnbares Leckerli".

## Rezensionen

Wenn ich Produktrezensionen lese, fange ich immer mit den schlechtesten an. Sie sind häufig aussagekräftiger als die Belobigungen. Somit stelle ich auch die 1-Sterne-Bewertungen (fünf Sterne sind maximal möglich) dieses Jumi-Buchs an den Anfang dieses Kapitels. Ich habe übrigens nur verifizierte Käufe beim Online-Buchhändler *Nexali* aufgenommen. Orthographie und Grammatik habe ich nicht geändert.

---

[*]   https://www.kutami.de/Jum
[**]  von Englisch erase = radieren
[***] verlängern

Ich sage schon lange: die meisten Produkte, die unsere Wirtschaft und unsere Kultur hervorbringen, sind vollkommen sinnlos. Dieses „Buch" habe ich nicht zu Ende gelesen. Etwa in der Mitte habe ich beschlossen, den armen toten Bäumen nicht noch meine Lebenszeit hinterher zuwerfen. Mich stört, dass das Buch doch tatsächlich keinerlei Inhalt hat. Gar keinen. Es ist dieser Schreiberin gelungen, ein 100% inhaltsleeres Buch zu schreiben. Wie man das schafft? Keine Ahnung.

Aber... es scheint ja auch Leute zu geben, die das Buch mögen! Da stellt sich mir wieder die Frage: WIE IST DAS MÖGLICH!? Angeblich soll das Buch ein Renner bei 14-Jährigen sein. Deren Sprachverständnis könnte aufs massivste geschädigt werden. Wenn ich diesen Dreck mit 14 gelesen hätte, wäre ich vermutlich niemals Professor für Linguistik geworden.

Dorothea F.

♌

Wissenschaftler kümmern sich um den Monat Jumi. Da sind aber auch noch die Amarusen, ein ausgestorbenes Volk.

Dieses Buch kannte ich nur von Hören Sagen. Bisher hatte ich mich auch nicht weiter um dieses Buch gekümmert, da es mich nicht wirklich gereizt hat, obwohl es so gelobt wurde. Doch wenn ich schon die Gelegenheit habe, dann nutze ich sie auch. Allerdings ist man hinterher einfach schlauer und ich bereue es einfach nur, überhaupt dieses Buch in die Hand genommen zu haben.

Dieses Buch fängt zunächst sehr harmlos an. Doch mit jeder Seite wächst der empfundene Wissenschaftsekel, den ich für dieses Buch empfand.

Eigentlich ist gerade Monatskunde das natürlichste der Welt. Doch hier geht es um weit mehr als um Monate. Wilkesmann nimmt kein Blatt vor den Mund und beschrieb alles haar genau. Dabei geht es nicht nur um verschollene Monate und irgendwelche irren Wissenschaftler. Hier wird auch beschrieben, was diese Wissenschaftler alles so aus dem Hut zaubern.

Ich empfand dieses Buch einfach als widerwärtig, furchtbar und anmaßend. Zudem wird durch die Eintönigkeit das Buch schnell langweilig und trocken. Des weiteren ist es lieblos, trivial und humorlos.

Nach wenigen Seiten verlor ich die Lust am Lesen. Doch tapfer habe ich mich durch gequält, auch wenn dieses Buch es nicht verdient hat.
Stefan M.

♌

Ich habe mich gerade wegen der im Vorfeld vorhandenen schlechten Kritik eines Buchkritikers im SAT1 Frühstückfernsehen daran gemacht, das Buch mit Spannung zu erwarten und dann auch zu lesen. Oft ist es ja so, dass das was „runtergemacht" wird, eigentlich so schlecht gar nicht ist, wie es der „Runtermacher" uns glaubhaft machen will.

Aber dieses Buch ist einfach nur schlecht. Es hat nach meiner Einschätzung keinen Sinn. Die Autorin lässt Seite für Seite lediglich eine Reihung von Wissenschaftsaussagen zu und will möglicherweise durch selbsternanntes Ausnahmetalent die Buchwelt erschüttern lassen. Dabei vergreift sie sich im Sprachgebrauch so sehr, dass man eigentlich nur noch sagen kann: „wer das nicht liest, hat nichts versäumt!" Es dürfte keinen noch so besonderen Leser auch nur in irgendeiner Weise beeindrucken.

Ich habe es nicht bis zu Ende gelesen, da nach 20-50 Seiten keine Spannung, nichts Außergewöhnliches, nichts Besonderes zu erwarten war und es immer mehr langweilte.

Man versteht auch nicht, was die Autorin hiermit bezweckte. Natürlich lesen sich Bücher, die dem Laien die Wissenschaft näher bringen, recht gut. Keine verkomplizierte Sprache und so wie der Mensch über Dinge denkt. Wenn es denn im Buch auch so rüberkommen würde, wäre es auszuhalten. Aber es liest sich einfach zum Kotzen und hat keine Spannung. So sehr abgeklatscht, als wenn gerade nichts Besseres zu berichten einfiel.

Michael P.

♌

Ute-Marion Wilkesmanns Debutwissenschaftsthriller „Die Iden des Jumi", mit dem sie die Leidensgeschichte diverser Wissenschaftler erzählt, stellt für mich persönlich den ersten literarischen Super-GAU des Jahres dar.

Das Buch versucht, gezielt zu provozieren und zu polarisieren, um schlichtweg von seiner qualitativen – und hier insbesondere der sprachlichen – Minderwertigkeit abzulenken. Die wenigen Versuche, sich der deutschen Sprache in poetisch anmutender Weise zu nähern („Jummima alias Emma erhielt Obst und Gemüse zu essen", nachzulesen auf einer Seite des Romans), verfehlen allesamt ihr Ziel.

Man könnte zuhauf Textausschnitte zitieren, die in ihrer Primitivität kaum zu überbieten sind, aber so etwas kann man sich – auch mit Hinblick auf die hier gebotene Dümmlichkeit – getrost sparen. Dass dieses in seiner an Frechheit grenzenden Anspruchslosigkeit, Monotonie und Perversität geschriebene Buch u. a. von Beate Hagendell – lesbar auf dem rückwärtigen Cover des Romans – medial „gehypt" wurde, erscheint mir vollkommen undurchsichtig. Für mich sind diese ganzen Seiten in jeder Hinsicht substanzlos, die Autorin verbleibt nichtssagend; aus diesem Grund vergebe ich einen Punkt, würde aber lieber zur Nullnote greifen, wenn dies möglich wäre.

Setzen, 6, Frau Wilkesmann.
Johnny S.

♌

Lieferung sehr langsam, Verpackung mies – da habe ich das Buch ungelesen zurückgeschickt. Leider kann ich nicht null Sterne geben!
Winfried F.

## Zwei-Sterne-Bewertungen (1)

Ich habe mir dieses Buch voller vorfreude gekauft, weil ich auf die meinungen anderer leute gehört habe die gesagt haben dass das Buch ziemlich Pervers ist und unglaublich Schmuddelig.

Nun zur Perversität: Dazu kann ich nur sagen des es kaum pervers ist bis auf 1-2 stellen die Geschichtlich ziemlich weit auseinander liegen. War sehr enttäuscht darüber weil ich dachte das es Perverser als ein Porno sein wird. Absolute Fehlanzeige.

Die Schmuddeligkeit: Hier sieht es nun etwas anders aus. Das Buch hat ein Paar heftige stellen die Hygienische Menschen verstören könnten aber das ist auch alles was an dem Buch weigstens ein bisschen Interessant war, der rest ist absoluter Müll.

Also ich fand das ist das langweiligste Buch das ich jemals gelesen habe wenn nicht sogar das langweiligste Buch der Welt. Wer Spannung sucht sollte sich lieber Hänsel und Gretel kaufen, da sich die Spannung des Buches so tief eingegraben hat das man sie niemals erleben wird.

Ich gebe dem Buch 2 sterne da es 2-3 Stellen gab wo mich wirklich überrascht und überzeugt haben ansonsten wär es nur einer.

Marian K.

## Drei-Sterne-Bewertungen (4)

Ich denke, dass meine Meinung in der Anzahl von Rezensionen untergehen wird, aber ich lasse es mir nicht nehmen, auch meinen Senf zum Kultbuch von Ute-Marion Wilkesmann dazuzugeben.

So sehr langweilig, wie einige Leser es darstellen, finde ich die Geschichten der wissenschaftlichen Hauptdarsteller gar nicht.

Ok, wer sich regelmäßig über den Jumi Gedanken macht und glaubt, das amarusische Silbensystem zu beherrschen, kann nicht normal sein. Aber zwischen den Zeilen kann man auch herauslesen, dass sich die Protagonisten im Konflikt mit sich selber und ihrer Umwelt befinden. Sie versuchen, historische Ereignisse zusammenzubringen und nehmen dafür einen langatmigen Lebenslauf in Kauf, in der Hoffnung, die Leser wissen das zu schätzen. An manchen Stellen des Buches musste ich ebenso schmunzeln, wie angeödet weiterblättern.

Ich mache mir da eher Gedanken um die Autorin. Wie kommt man darauf, eine Gottheit zu erfinden, die auf Alpha Centauri verehrt wird? Na, gibts da etwa Parallelen?

Trotzdem ist es kein rausgeschmissenes Geld, wenn man sich das Buch kauft.

Dr. Wulfius J.

♌

Emma ist auf Alpha Centauri und isst Obst und Gemüse. In ihrem Einzelzimmer „träumt" sie vor sich hin, erlebt Tagfantasien und Rückblicke. Ich bin von dem Mädel hin und hergerissen, einerseits schockiert sie mit äußert gewöhnungsbedürftigen Gedanken, die teilweise sehr abstoßend wirken. Andererseits scheint sie mir sehr abhängig zu sein und ihre Provokationen sind eine Art Hilfeschrei an ihre Umgebung. Sie leidet unter der Trennung von ihren Eltern.

Wer ein erotisches Buch erwartet, wird enttäuscht sein. Erotische Erlebnisse werden gar nicht beschrieben.

Das Buch ist anziehend (fünf Sterne) und abstoßend (null Sterne) zugleich. Ob ich mir den Film ansehen werde – eher nicht.

Frieda W.

♌

Das wissenschaftliche Erstlingswerk von Ute-Marion Wilkesmann finde ich ziemlich gewöhnungsbedürftig. Sie berichtet über Dinge die sonst im verborgenen geschehen. Wen interessiert es schon wie sie mit dem Jumi umgeht.

Man muß ziemlich hart im nehmen sein um dieses Werk von vorn bis hinten durchzulesen. Normalerweise sehe ich es so, das diese Emma ein Trauma aus ihrer Kindheit bearbeiten muss und sich einen Therapeuten suchen sollte sonst wird sie nie das erreichen was sie will.

Ich bin durch die Medien auf dieses Buch aufmerksam geworden und da viele das Buch verpönt haben, wollte ich es unbedingt lesen. Im großen und ganzen hat mir das Buch gefallen aber es ist kein Buch was man z.B. der Mama schenken kann. Diese wissenschaftliche Pseudosprache und diese vielen Lebensläufe werden wohl nicht jedem zusagen.

Mit freundlichen Grüßen

Sabinchen 666

♌

Es fängt langweilig an und endet sowas von komisch und möchte gern tiefgründig sein das Ich einfach nicht verstehen kann wie dieses Buch überhaupt verkauft, geschweige denn verfilmt werden konnte. Aber zu meiner Meinung. Ich habe das Buch komplett gelesen. Warum? Es ist wie mit den Wahlen in der Politik, wer nicht bis zum Ende dabei ist, kann nicht mitreden. Es ist rhetorisch, noch linguistisch sehr anspruchsvoll. Es wirkt eher wie ein Einblick in ein Tagebuch mit den tiefsten Wünschen diverser Wissenschaftler, die einfach mal so richtig drauflosfaseln wollen, um maximale Aufmerksamkeit zu erlangen. Man munkelt ja das die Autorin mit dem Buch was verarbeiten wollte, falls ja nichts gutes. Ich bin der Meinung, wenn es was ist dann das größte Verbrechen an der Deutschen Buch Literatur. Es tut mir leid, aber es liest sich wirklich mühsam und das nicht was beschrieben wird sondern wie. Es ist schade aber es gibt ja noch Leute, Ich auch leider, die es kaufen/lesen, aber warum? Weil es klappt: nehme Wissenschaftliches und Leute die es jedem empfehlen und zack kaufen es alle. Es hat sogar was tiefes das Buch, aber es kommt nur sehr kurz und viel zu wenig vor, bzw besser gesagt es ist nicht gut verarbeitet. Manche Seiten fallen raus. Schade aber egal so ist das mal fassen wir in die s******* und manchmal schreiben wir ein Buch darüber wie wir das machen. Trotzdem empfehlenswert.

Kevin S.

## Vier-Sterne-Bewertungen (3)

Schnelle Lieferung Top Preis Leistung.
Schneckchen S.

$$\mathcal{Q}$$

In diesem Buch wird wirklich kein Klischee ausgelassen. Welche es sind, haben meine Vorgänger bereits zur Genüge diskutiert. Da fragt man sich doch: Wer braucht so ein Buch? Wen will die Autorin damit ansprechen. Die Antwort ist denkbar einfach: Uns alle. Über Entführungen oder über Alpha Centauri zu schreiben ist immer interessant, macht uns neugierig. Je schlechter die Kritiken sind und je langweiliger es die Leser finden, desto interessanter wird das Buch für uns. Sind wir nicht alle Voyeure, Gaffer bei Autobahnunfällen, Glotzer am FKK-Strand, usw.?

Ute-Marion Wilkesmann hat es genau richtig gemacht, hat den Mainstream erkannt. Wir sind durch die dauernde Reizüberflutung in den Medien bereits dermaßen gesättigt, dass es schwer ist, uns überhaupt noch mit Büchern oder Filmen hinterm Ofen hervor zu locken. Das müssen dann schon Dinge sein, die noch nie da waren, die bisher immer ein tabu waren. Es muss immer extremer werden. Archäologie – Axiologie – Minipelogie – linguistische Forschung – forensische Regionallinguistik usw. Doch ich frage mich ernsthaft: Was kann dieses Buch noch toppen? Und es wird mir angst und bange, wenn ich länger darüber nachdenke. Wie kaputt ist eigentlich unsere Gesellschaft, die Menschheit schon, wen sie nach solchen Büchern lechzt?

Dabei ist diese Art von Büchern gar nicht neu. Bereits vor Jahrzehnten gab es Autoren, die über derartige Themen geschrieben haben. Ich denke da an Walter von der Vogelweide, Orson Welles, Sokrates oder Sartre. Aber auch in der Gegenwart werden diese Dinge thematisiert. Bei UM Winkelsmann sieht man jedoch deutlich, was eine gezielte Werbekampagne ausmacht. Trotzdem finde ich, dass eine gehörige Portion Mut dazu gehört, ein solches Buch zu schreiben und noch dazu in der Öffentlichkeit zu präsentieren.

Anonym XYZ

♌

Ich habe ich mich nicht nur bei der Lektüre dieses Textes amüsiert, sondern auch (und um ehrlich zu sein: vor allem auch) beim Lesen zahlreicher negativer Rezensionen. Die Autorin wird sich wohl totlachen, sollte sie diese tatsächlich lesen; die Marketingleute und der Verlag jedenfalls werden die Verrisse lieben, sorgen diese ja nur für zusätzlichen Absatz...

Zum Werk selbst: Tatsächlich berechtigt DER Aufreger?

M.E. kaum. Zwar ganz unbotmäßig, in der Sprache durchaus direkt und sehr offensiv. Alles an sich aber schon gehabt (sarkastisch verbrämt etwa bei Schleimann, aus dem ernsten Fach lässt Christoph Morgenstern grüßen).

Aber: Zuzugestehen ist eine im positivsten Sinne freche Herangehensweise der Entwicklung einer kruden Story. Der Plot ist derart absurd, dass das Lesen richtig Freude macht. Kaum begonnen, folgt eine äußerst vergnüglich aufzunehmende Darstellung des Gedankenkonstrukts der Wissenschaftler. Wie gesagt: krude, absurd, liebenswert. Die kleine Emma, überfordert von der großen Welt, auf der Suche nach Geborgenheit.

Ein ewiges Thema.

Der Text ist für mich im Übrigen keineswegs derart langweilig, wie dies die überwiegende Rezension wohl vermuten ließe; wer offenen Auges durch die Welt geht, dürfte keine Probleme mit der konkreten Textierung haben. Revolverblätter sind hier oft langweiliger.

Daher: Lesenswert!

Merlin G.

## Fünf-Sterne-Bewertungen (5)

Ich habe erst 3/4 des Buches durch, aber ich KANN nicht anders, als schon mal meine Meinung zu tippen! Schließlich habe ich offenbar eine neue (oder überhaupt erst eine) Lieblingsautorin!

Ich gebe zu, dass mich einige Seiten auch eher langweilen und ganz gewiss nicht „unterhalten (oder nur ganz wenig ... :-), wie sich das Frau Wilkesmann wohl wünscht (vgl. Interview Hexe im Spiegel-online). Aber ich bewerte den Umgang der „Heldin" Emma mit der Wissenschaft und dem Jumi anders als die Meisten hier: Für mich ist er Ausdruck einer geradezu wunderbar infantilen Offenheit und unbändiger Neugier. Ausdruck von Selbstbewusstsein und Lebenslust, die man mit viel Glück so vielleicht ein paarmal nur als Sprachwissenschaftlerin empfinden kann. Vor allem drückt das „widerliche Gebaren" der Eva-Vanessa Gable für mich aber eines aus: Das Eingeständnis, ein Mensch zu sein. Mit all der Neugier, mit all der Lust, mit Lachen, mit Weinen, und eben mit allem, was Alpha Centauri so zu bieten hat.

Aber nun doch endlich mal weg von den Oberflächlichkeiten, die die Autorin ja gerne anprangert, und die hier ob ihrer Langeweile so betont werden!

Was bietet das Buch denn außer zugegebenermaßen recht überflüssigen Detailbeschreibungen noch? Mir persönlich ein Klopfen der Nachbarn gegen die Wand; ich empfehle, es nicht nachts zu lesen, oder wenigstens etwas beim Lachen vor den Mund zu halten. Ich amüsiere mich jedenfalls köstlich. Vielleicht ist die Vorstellung für Viele undenkbar, auf Alpha Centauri Göttin von drei Sekten zu werden (mehr verrate ich hier nicht). Ich aber finde die Idee zum Schlapplachen. Das Buch ist also witzig – finde ich jedenfalls. Was noch?

Es ist „flott", nahezu umgangssprachlich geschrieben. Man kann das für schlechten Stil halten, man kann es aber auch „Konzentration auf das Wesentliche" nennen. Jedenfalls passt es vielleicht nicht schlecht zum Denken einer Autorin aus dem Macramé-Umfeld. Und es bedarf sicher keiner hochgestochenen Eloquenz, um ein gutes Buch zu schreiben. Zwar übermannt mich gelegentlich das Bedürfnis, die

Verfasserin auf ein paar Wiederholungen hinzuweisen. Aber dies als Stilmittel verstanden, ist es auszuhalten.

Weiter! Was noch? Was offenbar im Geheul über die Langweiligkeiten völlig untergeht, ist, dass die Autorin m. E. zwischendurch immer wieder kluge Sachen sagt! Z. B. über Frauen und Kosmetik oder über Scheidungskinder.

Ich will zum Schluss nicht unnötig ernsthaft werden. Aber wenn stimmt, was Frau Wilkesmann im Online-Interview sagt, dass nämlich Frauen zu ihr kommen, die sagen, nun sei ihnen „nichts mehr rätselhaft", hat dieses Büchlein vielleicht sogar einen gesellschaftspolitischen Wert. Hiervon würden m. E. in erster Linie natürlich die Frauen selber profitieren, aber gleich danach auch der eine oder andere Mann; hoffe ich jedenfalls ...

Wie auch immer: Gib uns mehr, mutiges „Üttekken"!

(Anm.: Sollte ein weiterer Text hierzu von uns auftauchen, bitten wir um Verzeihung; sah aus, als hätte Nexali den gekascht, vermutlich wegen Verstoßes gegen welche Regel auch immer...)
Manuel und Ingrid F.

♌

Nach dem Lesen einiger Eintragungen auf dieser Seite dachte ich: Dieses Buch lese ich nicht. Ich habe es doch gelesen und bin darüber froh. Als Krankenschwester habe ich viele akademische Patienten gepflegt (allerdings auch ihre Wunden verbunden) und kann nur sagen: Es gibt wahrlich „angenehmere" Patienten.

Was Emmas „Reiseliste" betrifft, so stehen da auf meiner andere Dinge als Alpha Centauri. Zugegeben, es ist provokant, das zu lesen, auch für mich, andererseits sollte doch jeder gesunde Mensch zumindest wissen, wie er oder sie verreisen kann. Man muss ja nicht überall hinfliegen.

Die Sprache des Buches ist eine sehr direkte und provozierende – aber so ist es ja auch gedacht, um aufmerksam zu machen. Für mich steht hinter der frechen Sprache eine sehr sensible Person, die sich das wünscht, was jeder sich wünscht: Aufmerksamkeit, Zuneigung und mehr natürliches Verständnis für den eigenen Text - gerade als Frau. Gable spricht als Person auch für die so „ungeliebte" und doch so sensible Region der Linguistik, ohne die Wissenschaft nicht existieren könnte und die mehr Aufmerksamkeit braucht als „nur" Analyse.

Was Kritik an der Autorin betrifft: Nicht jeder Krimi-Autor ist automatisch ein Mörder und es handelt sich hier um einen Wissenschaftsroman. Recherche ist daher nötig und ich empfand Frau Wilkesmann in der NDR Talkshow als überlegt. Was ich im Buch nicht nachvollziehen kann, ist, wie ein Wissenschaftler den Zusammenhang zwischen der amarusischen Sprache und Alpha Centauri übersehen kann. Aber da sind Universitäten wohl verschieden. Escreme Agurkel aber ist ein Schatz und erfüllt dem Leser die Wünsche, die vielleicht so mancher Autor (heimlich) hat.

Ich habe beim Lesen geschmunzelt, oft aufgelacht, mich zum Teil wiedergefunden und sogar ein paar Tränen geweint. Und wünsche mir mehrere Bücher dieser Art.

Eva-Vanessa G.

♌

Ich habe dieses Buch gekauft, weil ich ein großer Ute-Marion-Wilkesmann-Fan bin. Ich hatte vorher keine Rezensionen gelesen, denn wenn es von Ute ist, muss es gut sein: Exakt und deutlich – so war meine Herangehensweise.

Ich fing also an zu lesen und fand mich zwischen Kichern und Fassungslosigkeit - wow, das war mal drastisch :)

Als ich weiterlas wurde mir dann doch an manchen Stellen etwas flau und nach ca. 50 Seite mochte ich nicht mehr so recht weiterlesen, weil ich dachte, ich muss rülpsen gehen ... außerdem schwirrten mir den ganzen Tag Vorstellungen von amarusischen Heldenkämpfern durch den Kopf - was ich nicht sooo angenehm fand.

Okay, ich beschloss, die letzte Seite zu lesen und war überrascht und wollte dann natürlich herausfinden, was dazwischen passierte. Ich traute mir die letzten zehn Seiten zu und fand heraus, was Regine

Willikus mit „zart" meinte. Ich machte weiter mit der Mitte des Buches. Ich bin also bisher wild rumgezappt und schaute mir dann die Rezensionen hier an.

Ich bin gespannt auf Ute-Marion Wilkesmann bei der NDR-Talkshow, auf ihr Statement – ich weiß nicht, was ihre Intention war, aber ich finde, das Buch macht vor allem eins: nachdenklich! Ich bin außerdem gespannt auf die Seiten zwischen denen, die ich bisher kenne.

Marianne B.

♌

Ist das Buch langweilig – aber ja! Ist die Geschichte spannend – nein, eher nicht. Ist die Geschichte gut geschrieben – Geschmacksache. Bricht das Buch Tabus – nein. Ist es unrealistisch – eben vielleicht. In der Summe der absonderlich vielen, für den Anfang des 21. Jahrhunderts politisch total unkorrekten, dafür aber unverschämt geschilderten Verhaltensweisen, übertrieben, aber gerade deswegen so empfehlenswert.

Wir leben in einer Zeit des Wissenschaftswahns, der eine unkontrollierte Welle an Allergien und Autoimmunerkrankungen hervorgerufen hat. Eigentlich müssen auf wissenschaftlichen Büchern für Jugendliche ähnliche Sprüche abgedruckt sein, wie auf den Zigarettenschachteln. Zuviel Lesen tötet – und das ist, wenn man die Erkenntnisse der modernen Medizinwissenschaft studiert, nicht im Geringsten übertrieben.

Zwar würde ich auch niemand empfehlen, die Reiseroute einer der Protagonisten einzuschlagen. Dennoch, im Ansatz geht das Buch in die richtige Richtung.

Vielleicht erkennen einige der Leserinnen, dass die heutigen Ansprüche an die Wissenschaftlichkeit eines Textes kein ehernes Gesetz ist, das Erfolg und Karriere garantiert. Es ist der Ausdruck eines keimfreien Zeitgeistes, der ebenso irrig ist, wie seinerzeit die Angst vor Lesen oder der Astronomie.

Damit verdient die Autorin ein großes Lob – trotz der vorhandenen Mängel des Büchleins – dem Ausschlag des Pendels zu einem zunehmend kranken hochglanz, sterilen Wissenschaftlerinnenbild mutig einen kleinen Contrapunkt entgegengesetzt zu haben.

Renate D.

♌

Die „Iden des Jumi" ist im Kern nichts anderes, als ein verzweifelter Schrei nach Liebe, Geborgenheit, Zuneigung und Vertrauen einer Protagonistin des Buchs, die ein traumatisches Kindheitserlebnis bis heute nicht verstehen, geschweige denn verarbeiten konnte, ein Erlebnis, von dem ihr Umfeld glaubt, dass sie es längst vergessen oder zumindest erfolgreich für alle Zeiten verdrängt hat – und die sich in der Folge einigen wissenschaftlichen Irrtümern hingibt, die für die meisten von uns wohl nicht zur alltäglichen Gewohnheit zählen (ich schließe mich da ein).

Alles andere ist reine Show, Mittel das Buch zum Gesprächsthema zu machen und Aufmerksamkeit auf das Erzählte zu ziehen – nicht mehr.

Dabei bitte ich letzteres nicht als Kritik zu verstehen, denn die eigentliche Wissenschaftserkenntnis, die hier beinahe beiläufig in der zweiten Hälfte des Buches erzählt wird, braucht Aufmerksamkeit, ist sie doch aktueller denn je, in einer Zeit in der es definitiv zu viele Monate gibt, zu häufig in der Zeitung von Jumimonaten zu lesen ist, zu viele junge Menschen oft nicht mehr ein noch aus wissen, Angst vor der Zukunft haben und die Flucht in die in diesem Buch beschriebenen Wissenschaftsfelder wohl noch eher als begrüßenswert harmlos einzustufen ist – wenn möglicherweise exzessiver Alkoholismus, aktiv ausgeübte Gewalt gegen Mitmenschen oder Drogenkonsum die unschönen Alternativen sind.

„Die Iden des Jumi" – ein Buch in dem viel mehr steckt, als man auf den ersten Blick vermuten mag.

John F.

## Die Kiste II

Ja, da saßen Alexander der Kleine und ich vor der Kiste (ich verweise hier auf das Kapitel ‚Die Kiste I'). Wie die Papiere sortieren? Ich war völlig nervös und kochte mir erst mal einen starken schwarzen Tee. Ich vergaß, dass mir Tee nur mit Milch schmeckt, und schüttete ihn daher nach einer Viertelstunde weg. Bis dahin hatte ich mich so weit beruhigt, dass ein kleiner Pfefferminztee ausreichte, um das Zittern der Hände zu unterbinden. Alexander war unbeeindruckt. „Alles olles Papier, auch noch handschriftlich. Und das staubt! Du bist nicht böse, wenn ich jetzt gehe? Meine Hausstauballergie lässt mich sonst tagelang nicht ruhen."

Böse war ich nicht, im Gegenteil: Ich war froh, diese Entdeckungen allein machen zu können. Obenauf lag das handschriftliche Manuskript *Der Jumi im Lichte der Minipelogie*, die Dissertation von Willi Anecken. Ich legte sie beiseite. So eine Dissertation zeichnet sich durch wissenschaftliche Sprache und Konzentration auf Forschungsfragen aus. Soweit ich das sah, hatte Anecken 453 Interviews geführt (im Anhang zu finden als Transkriptionen) und ausgewertet. Das halte ich Mitte des 19. Jahrhunderts für eine fortschrittliche Arbeitsweise. Er bezeichnete sie sogar selbst als qualitative Interviewtechnik, d. h. er stellte offene Fragen. Ich zitiere:

> Qualitative Interviews werden in einigen Jahrzehnten deutlich häufiger vertreten sein. Sie werden mit offenen Fragen geführt und somit haben die Befragten mehr Freiraum bei ihren Antworten, als wenn ich ihnen Antworten vorgebe. Diese Interviews werden oft Teil einer Induktionsforschung sein. Das bedeutet, dass von den erhobenen Daten Ergebnisse abgeleitet werden. Und genauso gehe ich vor.[*]

---

[*]  Anecken W.: Der Jumi im Lichte der Minipelogie. Handschriftliche Ausgabe, o. J.

Anecken stützt sich im Folgenden auf die etwas unpräzise gehaltenen Vorarbeiten von Margarete Schraiman: *Qualitative Analysis of Contents in Interviews* (1637) und von Peter Jumiring: *Die praktische Durchführung der qualitativen Analyse von Experteninterviews* (1799). Bedauerlicherweise fand ich in keiner Bibliothek Exemplare dieser Grundlagenarbeiten. Bleibt uns nur, Anecken zu vertrauen.

Die Zeit war nicht freundlich zu dem Manuskript. Außer dem Abstract und den ersten 28 Seiten der Einleitung konnte ich nur wenig entziffern. Da ich keine Expertin in qualitativer Inhaltsanalyse bin und mir nach drei Stunden die Augen vom Lesen des verblassten Manuskripts schmerzten, entschied ich mich, das Werk irgendwann einer wissenschaftlichen Bibliothek zu schenken.

Die weiteren Dokumente handelten entweder vom Jumi oder trugen das Datum eines Jumitags. Ich vermute, dass es sämtlich Originaldokumente von Anecken sind. Um dies genau zu beweisen, müsste ich bei Gelegenheit einen Graphologen zu Hilfe ziehen.

Ich begann, in akribischer Kleinarbeit die Dokumente durchzusehen und zu ordnen. Den Stapel ‚Aufgabenlisten' gab ich in eine Kunststoffmappe, druckte ein Etikett mit dem Wort ‚Aufgabenlisten' aus und klebte es links oben auf die Mappe. Ich notierte mir im Kopf, dass dies eine perfekte Grundlage für ein künstlerisches Werk ist: Die Diskrepanz der Auf-

bewahrung alter teils schimmliger Dokumente in flie-
derblauen transparenten Kunststoffmappen. Ob ich
das in naher Zukunft umsetze, wird sich weisen.

Wenn ich schon die Aneckens Aufgabenlisten
erwähne, sollte ich ein Beispiel geben. Den Text stelle
man sich in leichter Bleistiftschrift auf eingerissenem
Pergament vor.

14. Jumi

Mit Verleger sprechen (Prio 2)

Einkaufsliste schreiben (Prio 6)

Marias Gehaltsforderungen überdenken (Prio 10)

Maria Ergebnis des Arbeitskampfes mitteilen (Prio 11)

Einkaufen gehen (Prio 3)

Robert per Brieftaube wegen gemeinsamen Artikels
kontaktieren (Prio 4)

Studien zu Jumi intensivieren (Prio 9)

Prio 1 festlegen (Prio 1)

Restprios von gestern auf heute übertragen (Prio 5)

Tauben füttern (Prio 7)

Sohn im Kinderzimmer besuchen (Prio 8)

Neuen Maßanzug bestellen (Prio 12)

Diese Liste gibt es in verschiedenen Versionen. Eine
ist beispielsweise identisch, nur sind Prio 1, 6 und 8
durchgestrichen, was für mich *erledigt* bedeutet.
Erhalten sind 35 solcher Listen, 23 aus Jumi, drei aus
Januar, fünf aus August und vier aus November. Es
wäre von Archäologen zu erforschen, ob es in den
anderen Monaten bzw. Tagen keine Listen gab, ob sie
entsorgt wurden oder zu Staub zerfallen sind.

Der größte Stapel umfasst ‚Einkaufslisten'. Fast lückenlos sind die Listen von zweieinhalb Jahren vorhanden. Für Arbeitnehmer im Einzelhandel von Interesse ist, dass auch für die Wochenenden und Feiertage Einkaufslisten vorliegen. Von einer Fünf-Tage-Woche lässt sich da nicht sprechen. Ein typischer Einkaufszettel – ich wähle wieder einen Tag aus dem Jumi – ist:

> 3. Jumi
> Kartoffeln
> Hering
> Quark
> Butter (nur wenn Maria auf Gehaltserhöhung verzichtet)
> Kohl
> Brot

Dies sind Lebensmittel, die typisch für die Mitte des 19. Jahrhunderts sind. Man erkennt daran, dass Anecken keineswegs reich war. Gerade Kohl zählte als Armeleuteessen. Selbst die Listen zur Weihnachtszeit bleiben schlicht: keine Ente, keine Gans, kein Hummer, kein Rosenkohl. Wer nun meint, dieses Gemüse könne ja gar nicht auf den Listen stehen, weil es das damals noch nicht gab, den kann ich eines Besseren belehren: Erste Dokumente mit Hinweisen auf Rosenkohl werden datiert auf das Jahr 1587 im heutigen Belgien.

Dann hat Anecken einen Stapel von Gedichten gesammelt. Sie alle sind in verschiedenen Handschriften verfasst, sodass ich vermute, dass es sich entweder um ein Preisausschreiben oder eine Aufgabe für seine Studenten handelte. Auch hier sei ein Beispiel aufgezeigt. Ich habe das einzige Gedicht ausgewählt, das mit Zähneknirschen vorzeigbar ist. Alle anderen sind von noch schlechterer Qualität, aber dafür werde ich ebenfalls ein Beispiel geben.

Ottwald Schmied. 1794-1876
Gedicht zum Jumi

Auf frischen Bergen, an des Meeres Strande,
Ist dir ein heitrer Kissensitz bereitet,
Nicht allzu eng, auch nicht zu weit bereitet:
Man liebt sich einzuwickeln auf dem Lande.

Ein junger Spund im Bett von weichem Sande
Ist männlich durch die Wogen hingeleitet,
Bis er betrogen in ein Flussbett gleitet,
Das hat ihm aufzeigt das Blumenmeer am Rande.

Da muss er, eingepfercht in nasser Säule,
Aufschreien aus dem runden Marmormunde
Und in der Tiefe sich in Schlamm zerstäuben.

Das Flussbett winkt zu abendlicher Weile;
Es wimmert alles, nur in letzter Stunde
Seh' ich die toten Fischlein Spiele treiben.

Das Beispiel am anderen Ende der Qualitätsskala ist zum Glück nur kurz. Ohne Datum und ohne Namen.

Der Jumi geht uns alle an
Der treibt uns täglich auch voran
In ihm wird' ich mein Leben enden
Und vorher dir ein Brieflein senden

Ein weiterer Stapel umfasst Witze zum Jumi. Witze sind in der Sprachforschung wie in der Soziologie beliebte Studienobjekte. Sie verraten viel über Witzeerfinder, Witzeerzähler, Über-die-Witze-Lacher und Wegen-des-Witzes-den-Raum-Verlasser.

Anecken hat selbst Witze gesammelt und außerdem die Arbeit seines Kollegen Paleo Anarchi aus der Fachrichtung Sprachwissenschaft / Sprachforschung beigelegt.

Anarchi rollte das Problem von der Seite der Übersetzung auf, respektive der Übersetzung von Kinderwitzen. Vermutlich wollte er seine Habilarbeit dann Witzen aus der Erwachsenenwelt widmen.

Die Arbeit will das Übersetzen an der Schnittstelle mit Sprache und Kultur skizzieren und zeigen, dass der Übersetzer nur erfolgreich ist, d. h. eine hochwertige Übersetzung leistet, wenn er das Ineinandergreifen des sprachlichen und kulturellen Wissens im Übersetzungsprozess (ÜP) bewältigt und das Sprachliche bis in die mikrostrukturellen Details der Zielsprache (ZS) und der Ausgangssprache (AS) so beherrscht, dass er das kulturell Relevante in einem Text erkennt und weiß, wie er dies in dem Zieltext (ZT) sprachlich auszudrücken hat. An dreihundert Beispielen will er zeigen, wie sehr das Komische vom Wechselspiel der sprachlichen Komponenten und des außersprachlichen Wissens abhängig ist. Die Forschungsfrage ist: Bleibt der lustige Gehalt der Witze auch nach der Übersetzung erhalten? Im Einzelnen: Warum bleibt der lustige Gehalt manchmal erhalten bzw. warum manchmal nicht? Weil die Geschichte der Komiktheorien bereits mehrfach behandelt wird, zielt Anarchi in seiner Arbeit nicht darauf ab, eine vollständige Forschungsgeschichte des Komischen zu geben, weil es die Rahmen seiner Arbeit sprengen würde.

Der letzte Satz von Anarchi beweist, dass er wissenschaftlich arbeitet. Denn nur wer Angst vor der Sprengung eines Rahmens hat, ist ein echter Wissenschaftler. Und er will gleich mehrere Rahmen nicht sprengen. Das beeindruckt. Kein Wunder daher, dass Anecken seinem Kollegen einige Beispiele zum Jumi zur Verfügung stellte:

Drei Witzbeispiele:

(1) Wäscht der Bauer im Jumi die Socken, dann wird der November warm und trocken.

(2) Treffen sich zwei Schneemänner. Sagt der eine zum anderen: „Du, ich bekomme noch Trinkgeld von dir." Sagt der andere: „Das mache ich im Jumi, da bin ich wieder flüssig."

(3) Lehrer: „Jeder Monat im Jahr hat eine besondere Eigenschaft. Wir sagen zum Beispiel ,der warme Juli', ,der unbekannte Jumi', ,der kalte Januar'. Kann mir jemand noch ein anderes Beispiel nennen?"
Fritzchen: „Der dumme August."

Außerdem fand ich eine 237 Seiten starke Liste mit dem Titel: *Wichtige Ereignisse im Jumi.* Aller Ereignisse hier aufzunehmen, würde den Rahmen dieses Buches sprengen. Ich gebe daher ein paar Beispiele:

2. Jumi 1637

New York City/Vereinigte Staaten: Kriminelle starten eine großangelegte Attacke mit Zufallsware auf das Unternehmen Kesayi.

5. Jumi 1712

Reporter ohne Grenzen veröffentlicht die neue Liste der Gegner der Pressefreiheit. Mit Vittorio Andorra ist zum ersten Mal ein Regierungschef aus Europa vertreten.

13. Jumi 1705

Das Weltraumkommando der kaiserlichen Armee wird in Dienst gestellt.

20. Jumi 1889

Berlin/Deutschland: Das dann hoffentlich neu errichtete Anecken-Forum öffnet seine Pforten für Besucher.

27. Jumi 1840

Am Vormittag kommt es im Holzlager des kaiserlichen Reichtsentsorgungszentrums im Woodpark, Stadtteil Beinsdorf nahe Muckendorf, zu einer schweren Explosion. Sechs Menschen starben nicht; mehr als 30 werden verletzt.

Nicht ganz so lang wie die bisherigen Listen ist die Sammlung von Geburtstagen historischer Persönlichkeiten im Jumi. Auch hier seien Beispiele gegeben:

1. Jumi 1773 Adele Klump

Deutsches Model, Laienrichterin und Clown

2. Jumi 1675 Baron de Safron

französischer Adeliger, Schriftsteller, Begründer bzw. Namensgeber des ‚Safronismus'

3. Jumi 1800 Josie Bäcker

Flämische Tänzerin, Sängerin und Schauspielerin

6. Jumi 1621 Trudi-Maria Frau

Erste bedeutendste deutsche Schriftstellerin des 17. Jahrhunderts, Preisträgerin

10. Jumi 1824 Karl Huckepack

Deutscher Tierhandlungserfinder und Landschaftsgärtner, beeinflusste weltweit die Architektur durch die Erfindung naturalistischer Terrassenanbauten.

15. Jumi 1805 Otto Boot

Ehemaliger Reichsfußballtorhüter, ein halbes Mal zum Reichtstorhüter des Jahrzehnts ernannt.

17. Jumi 1754 Adalbert Kerkel

Deutscher Politiker, seit 1796 deutscher Gesandter und Diplomat

25. Jumi 1805 Elena Cornetti

Schriftstellerin und Apothekerin, Kriegsnobelpreisträgerin 1827

26. Jumi 1776 Susanne Glockenhauser von Schnurrenspietz zu Maienwald

Niederländische Politikerin, 1803 – 1812 und 1824 – 1825 Königsministerin der Justiz

Die Sammlung mit vergleichbaren Daten für Todestage sind für meine Leser zu deprimierend, daher führe ich keine Beispiele auf.

Weiterhin enthielt die Kiste Rezepte, private und offizielle Briefe sowie einen unveröffentlichten Ratgeber zur Kindererziehung.

## Die Kistenkonferenz

Aufmerksame Leser erinnern sich vielleicht, dass ich an der einen oder anderen Stelle Erstaunen darüber äußerte, dass einige Wissenschaftler Statements veröffentlichten, die nur auf dem Inhalt meiner ‚Kiste‘ beruhen konnten. Persönlich kannte ich niemanden davon. Ich schrieb diesbezüglich zwei Personen per E-Mail an, aber ich erhielt nie eine Antwort.

Dann bekam ich vor etwa zwei Monaten ein kleines Schreiben:

Sehr geehrte Frau Wilkesmann,
laut unseren Nachforschungen haben Sie von Prof. Agurkel eine Kiste erhalten, die offenbar die verschollene Kiste mit Aneckens Dokumenten ist. Falls Sie Anecken nicht kennen, haben wir ein Dokument mit seinem Lebenslauf beigelegt.
Ohne mehr verraten zu wollen, laden wir Sie aus diesem Grund ein, der Konferenz *Die Kiste* beizuwohnen und Ihr Exemplar mitzubringen.
Konferenzort: Dagaromi, Makoland. (Ein Shuttlebus wird Sie vom Flughafen abholen.)
Zeit: 3. Jumi – 4. Jumi 2026
Für Unterbringung in einem 5-Sterne-Postel ist gesorgt.
Mit freundlichen Grüßen
Dr. Petra Wendebrecht
(Vorsitzende der deutschen archäologischen Jumigesellschaft (DÄJG))

Ich war verblüfft. Erstens verstand ich nicht, wieso Agurkel das verraten hatte. Sonst hatte ich außer Alexander niemandem davon erzählt. Ihm hatte ich das Versprechen abgenommen, den Fund für sich zu behalten. Ich kenne Alexander als zuverlässig. Ich rief dennoch bei ihm an, er sagte, er wüsste von nichts. Das klang überzeugend. Ein Telefonat mit Agurkel war ebenso ergebnislos. Erst wusste er angeblich gar nicht, wovon ich rede. Dann gähnte er herzhaft und versicherte mir, er habe nie und nimmer davon gesprochen, weil er das alles bereits vergessen habe.

War der Brief gar ein Scherz? Ich suchte nach dem angegebenen Ort. Ich fand weder die Stadt Dagaromi noch das Land Makoland. Ich googelte den Namen der Vorsitzenden, die zwei Hits ergab. Einmal als Privatdozentin für Archäologie an der Universität Wusselei und dann auf der Webseite der DÄJG. Diese Webseite war ebenfalls eher unergiebig und hätte auch die Seite eines Onlinespiels sein können. Doch ein Scherz? Ich nahm das Schreiben, gab es auf den Stapel mit auf der Rückseite leeren Blättern zwecks nachhaltiger Wiederverwendung und widmete mich wieder meiner Autobiographie. Zwei Wochen später erhielt ich einen weiteren Brief von der Archäologin.

Sehr geehrte Frau Wilkesmann,
ich hatte Ihnen vor einigen Tagen eine Einladung zur Konferenz *Die Kiste* zukommen lassen. Leider haben Sie Ihre Teilnahme noch nicht bestätigt. Die

Plätze auf der Konferenz und auch in dem
gebuchten Postel werden langsam knapp.
Es ist wirklich wichtig für unsere Forschungen, dass Sie teilnehmen. Ich ver-
sichere Ihnen, dass es sich hier weder
um einen Scherz noch eine Betrügerei
handelt, falls Sie das denken sollten.
Die Teilnahme an der Konferenz wie auch
die Reise sind kostenfrei für Sie. Falls
Sie verhindert sind, teilen Sie mir dies
bitte möglichst innerhalb einer Woche
mit. Die Warteliste ist lang.
    Die Anmeldeformulare liegen bei.
Vielen Dank im Voraus und mit freundlichen Grüßen
Dr. Petra Wendebrecht
(Vorsitzende der deutschen archäologischen Jumigesellschaft (DÄJG))


Ich kann das nicht leiden, wenn mich jemand zeitlich
unter Druck setzt. Ich war versucht, auch dieses
Schreiben dem Stapel Restpapier zu übergeben. Dann
nahm die Neugier doch Oberhand.


Hallo Frau Dr. Wendebrecht,
ich habe mir Ihre Unterlagen durchgese-
hen: Wie soll ich Ihnen vertrauen, wenn
Sie eine Stadt und ein Land aufführen,
die es gar nicht gibt?

Danke für eine zeitnahe Antwort.
Ute-Marion Wilkesmann

Nach zwei Tagen schon war Wendebrechts Antwort im Briefkasten. Manchmal ist die Post richtig schnell. Wenn ich beispielsweise einen Brief aus Hannover bekomme, braucht der knapp eine Woche. Aber ein promovierter Name als Absender hat offenbar beschleunigende Wirkungen.

Liebe Frau Wilkesmann,
ich freue mich sehr über Ihr Interesse und ich habe Reise und Konferenzteilnahme für Sie gebucht.
    Zur Beantwortung Ihrer Frage lege ich eine kleine Landkarte bei. Vermutlich waren Sie noch nie auf Alpha Centauri, sonst wären Ihnen die Namen vertraut.
    Wir sind alle sehr gespannt, was Sie uns auf der Konferenz berichten werden, denn Sie sind die einzige Nichtwissenschaftlerin, die teilnehmen wird.
    Ein Shuttle-Taxi wird Sie rechtzeitig abholen.
Liebe Grüße
Petra Wendebrecht

Langsam war ich neugierig. Immerhin war ich auch noch nie auf Alpha Centauri. Und das Gefühl, besonders wichtig zu sein, hebt schon die Stimmung. Das würde auch einige Seiten in meiner Autobiographie füllen können!

Etwa vier Wochen nach Erhalt der Einladung und dem Versand der ausgefüllten Formulare klingelte es an der Tür. Ich saß gerade am PC und googelte meinen eigenen Namen. Ich wollte die Zahl der Hits unbedingt in meine Autobiographie einbauen. Außerdem hoffte ich so, auf Informationen über mich zu stoßen, die mir bis dato unbekannt waren. Daher reagierte ich, in meine Arbeit vertieft, gar nicht auf das Klingeln. Dann klingelte es wieder, Klingelsturm kann man das nennen, der die Konzentration erheblich beeinträchtigt. Ich eilte an die Gegensprechanlage und schaltete die Kamera ein. Der Mann vor der Tür sah harmlos aus, aber das heißt ja nichts.

„Was wollen Sie?" – „Ich hole Sie doch mit dem Taxi ab." – „Ich habe kein Taxi bestellt!" – Der Fahrer zog einen Zettel aus seiner Hosentasche und hielt ihn an die Kamera. „Das hat mir die Zentrale mitgegeben!"

Auf dem Zettel standen korrekt mein Name, meine Adresse und die Uhrzeit 21:37 Uhr. Und es war jetzt 21:38 Uhr! Merkwürdig. Ich zögerte. Eine ganz neue Betrugsart, so ähnlich wie der Enkeltrick? Deshalb sprach ich in die Anlage: „Ich habe weder Bargeld noch Schmuck." Der Fahrer schaute verdattert hoch in die Kamera. „Äh, was sagen Sie da? Wenn es Ihnen um die Fahrtkosten geht, die sind doch schon bezahlt." Er nahm sein Smartphone aus der Tasche: „Bezahlt wurde die Rechnung gestern von einer Frau Dr. Wendelbrecht." Obwohl er sich den Namen falsch gemerkt hatte, wusste ich sofort Bescheid. Da hätte man mich aber wirklich vorwarnen können!

„Ich habe noch gar nicht gepackt, wollen Sie solange warten?" Der Fahrer schüttelte den Kopf: „So viel Zeit haben wir nicht mehr, wir müssen in 46 Minuten am Flughafen sein." – „Gut geben Sie mir zwei Minuten." Er nickte.

Ich warf ein bisschen Wäsche zum Wechseln und meine Zahnbürste in einen Jutebeutel. Überlegt packen konnte ich jetzt sowieso nicht mehr. Für zwei Tage brauche ich nicht so viel. Die Reisezeit, hmmm, die war mir unbekannt. Daher pfropfte ich die Tasche in Windeseile voll mit Wäsche, klemmte mir wie vereinbart die Kiste unter den Arm und verließ die Wohnung.

Dann ging's los zum Flughafen. Dort stand schon eine kleine Gruppe, eine Frau hatte ein Schild in der Hand: *Für Reisende nach Dagaromi / Makoland.* Ich gesellte mich zu der Gruppe. Waren das andere Konferenzteilnehmer? Wir warteten noch eine halbe Stunde auf Mitreisende. In der Zeit unterhielt ich mich mit den anderen Wartenden. Keiner wollte zu der Konferenz, es waren Geschäfts- oder Tourismusinteressen, die diese Menschen verfolgten.

Das Flugzeug brauchte drei Stunden. Als wir ausstiegen, war es Nacht, eine wunderbare dunkle Nacht. Sterne waren zu sehen. Die Luft kam mir bekannt vor, ja, das war Ägypten, keine Frage! In den 70er Jahren hatte ich drei Wochen dort verbracht. Dieses Licht, diese Stimmung – die waren mir sofort wieder vertraut. Vor uns konnten wir dann die in hellem Flutlicht erstrahlende Sphinx sehen. Schräg dahinter erkannte ich die Silhouette einer riesen Raketenstation. Unser Raumschiff!

Schilderungen der aufregenden, aber anstrengenden Reise genau wie den Bericht über das Postel (nur eins vorweg: Es ist wirklich empfehlenswert) und Sehenswürdigkeiten in Dagaromi und Umland spare ich mir für die Autobiographie auf. Das wird bestimmt ein Kaufanreiz.

Auf die Konferenz will ich nicht im Einzelnen eingehen. So Konferenzen sind alle gleich: Einige Laberköpfe ermüden einen bis zum Umfallen, andere Vorträge sind hochinteressant und manches ist neu aufregend. In diesem Fall waren Organisation einschließlich Postel und Verpflegung nahezu perfekt.

Das Ergebnis der Konferenz fasse ich kurz zusammen: Anwesend waren 368 Teilnehmer. Alle, mit Ausnahme von Wendebrecht, waren im Besitz einer Anecken-Kiste. Wie schon erwähnt, hatten sonst nur Wissenschaftler eine erhalten, bei mir musste Agurkel sich vertan haben. Es wurde gemutmaßt, dass dies einer seiner berühmten Wissenschaftsscherze war. Denn unsere Kisten unterschieden sich alle. Selbst forensische Untersuchungen zeigten, dass sie wahrhaftig aus der Zeit von Anecken stammen konnten. Wie Agurkel das hinbekommen hatte, konnte nicht geklärt werden. Die handschriftliche Dissertation war in sämtlichen Kisten gleich. Der restliche Inhalt war ähnlich, aber nicht identisch. Alle hatten z. B. eine Liste mit Geburtstagen wichtiger Persönlichkeiten im Jumi. Manchmal unterschieden sie sich nur in einem Namen, in einigen Fällen aber auch in fast allen Punkten.

Die Teilnehmer wurden am nächsten Tag auf Workshops verteilt, in der die Unterschiede genau analysiert und notiert werden sollten. Ich saß fast tatenlos herum, meine Beiträge waren nicht wissenschaftlich genug, wie mir mehrmals bedeutet wurde. Nach dem zweiten Mittagessen trugen die Workshops dann ihre Ergebnisse vor. Bei mehr als zehn Arbeitsgruppen war das recht langwierig.

Ich fürchte, ich bin zwischendurch eingeschlafen. Das war aber nicht störend, wie mir Frau Wendebrecht später tröstend sagte, denn eine Zusammenfassung sämtlicher Ergebnisse würde in ihrer monatlichen Zeitschrift *Jumi-Archäologie im Blick* (JAiB) erscheinen.

Die Rückreise war in wissenschaftlicher Hinsicht ebenfalls unspektakulär. Zwei oder drei kleine Anekdoten passen besser in die Autobiographie. An der schreibe ich parallel. Mittlerweile wurden mir drei – extrem langweilige – Ausgaben der JAiB zugesandt. Als neuestes gibt es sie online, der Zugang wurde mir kostenfrei zur Verfügung gestellt. Ich bin gespannt, ob das schriftlich genauso öde sein wird wie bei der Konferenz selbst.

## Nachwort – Bitte an die Leser

Liebe Leser,

bis dieses Buch von einem großen Verlag übernommen wird, muss ich Werbung usw. selbst machen. Damit das Buch eines Tages von einem solchen großen Verlag übernommen wird, muss es sich vorher gut verkaufen. Was ich verstehe: Welcher Verlag will schon ein Risiko mit einer Unbekannten auf sich nehmen, die überhaupt nicht im Mainstream liegt?

Nun würde ich aber gern, und sei es nur aus reiner Eitelkeit, so einen fetten Verlagsnamen auf meinem Cover sehen. Fischer oder Ullstein beispielsweise wären nicht übel. Das heißt aber, ich muss jetzt in kurzer Zeit mindestens 10.000 Exemplare verkaufen. Ich könnte sie selbst kaufen, aber dann müsste ich dafür mein komplettes Eigentum verpfänden und noch einen Kredit aufnehmen.

Ich will nicht lange um den heißen Brei herumreden: Ich brauche eure ... deine, genau: deine Hilfe. Schreib doch eine Rezension für dieses Buch. Ich gebe dir zwei Vorgaben: eine 5-Sterne- und eine 1-Sterne-Bewertung. Richtig formuliert, kann eine miserable Bewertung durchaus verkaufsfördernd wirken.

## Eine Fünf-Sterne Rezension

Meine Mama hat mir dieses Buch zum letzten Geburtstag geschenkt. Ich fand das gleich auf Anhieb abtörnend. Als ich dann vor einem halben Jahr einen Urlaub auf einer Almhütte gewonnen habe, war mir schon klar, dass das im Sommer ätzend wird und habe mir ein paar Bücher mitgenommen. Irgendwie ist mir dieses hier dazwischen gerutscht. Und dann dachte ich: Jetzt oder nie, und wenn Mama mich fragt: „Schatz, hast du denn die Iden des Jumi mal gelesen?", kann ich, statt rumzudrucksen, endlich „Ja" antworten.[*]

Aber was soll ich sagen? Ich hatte kaum mit dem Lesen angefangen, da hat es mich gepackt. So ein vorzüglicher Stil, so eine reicher Wortschatz, so eine präzise Wortwahl und so kunstvoll gebaute Sätze. Ehrlich, so habe ich das noch nie gesehen. Und der Inhalt, ich will da natürlich nichts spoilern, ist ebenso faszinierend. Nie dagewesene Dinge sind beschrieben, von fremden Planeten bis zum Thriller ist quasi alles dabei.

Leider gibt es nur fünf Sterne. Sonst würde ich gerne neun geben! Mein Tipp: Unbedingt kaufen!

---

[*] Anm.: Der erste Absatz ist fakultativ, optional und wahlweise.

## Eine Ein-Sterne-Rezension

Ich habe das Buch in meiner Empfehlungsliste von Nexali gesehen. Der Titel klang verrucht und geheimnisvoll, fast experimentell, und das Cover hat mich dann voll umgehauen. Sowas Schmutziges, Erdiges. Das musste ich haben.

Also, der eine Stern geht an Nexali: Bestellt und nach drei Tagen war es schon da, fein in dickes Papier in einem wattierten Umschlag verpackt. Echt klasse. Das Buch fühlte sich auch gut an.

Aber dann habe ich angefangen zu lesen. Eigentlich hatte ich nach 20 Seiten schon genug. Langeweile pur. Da versucht offenbar eine verkorkste Wissenschaftlerin, ihr unzureichendes Wissen über eine Art Science-Fiction zu verkaufen. Die Kapitel purzeln nur so vor sich her. Spannung? Mag sein. Erotik? Null, kein Schmutz trotz des braunen Umschlags. Ich hab's dann meinem Dad zum Geburtstag geschenkt. Der war voll begeistert und hat's in einem Schwung durchgelesen. Das sagt doch alles, oder?

Kaufen und weiterverschenken, anders geht nicht.

# Meine Bücher bisher

## Belletristik

- Gedanken zum Gedenken: Gedenk-, Aktions- und Feiertage (BoD) 2023.
- Wer steckt hinter Spam? Ein Roman. Norderstedt (BoD) 2023.
- Chimären: Was Menschen bisher nicht wussten. Norderstedt (BoD) 2023.
- Seite 22, Zeile 22 (mit Janina Schmiedel) (BoD) 2022.
- Märchen von heute: 61 wundersame Geschichten (BoD) 2022.
- Präpositionen (BoD) 2022.
- Eine Hand greift die andere. Norderstedt (BoD) 2022.
- Iphorismische Short Stories. Norderstedt (BoD) 2022.
- Iphorismen. Norderstedt (BoD) 2021.
- OneBBO's Castle lädt ein. Schau uns über die Schulter. Norderstedt (BoD) 2007.

## Ernährung

- Am besten vegetarisch mit der Thermo-Küchen-maschine. Potsdam (Dort-Hagenhausen) 2016.
- Hartz IV in aller Munde. Norderstedt (BoD) 2013.
- Indisch inspiriert. München (Dort-Hagenhausen) 2013.
- Jetzt wird gesnackt! Norderstedt (BoD) 2013.
- Immer öfter vegetarisch. München (Dort-Hagen-hausen) 2012.
- Rohkost statt Fasten Teil 2: Rezepte für ein Rohkostjahr. Norderstedt (BoD) 2011.
- Mein Kollege kocht Vollwert. Norderstedt (BoD) 2010.
- Schokolade. Norderstedt (BoD) 2010.
- Gemüse in aller Munde. Norderstedt (BoD) 2009.
- Hartz IV in aller Munde. Norderstedt (BoD) 2009.
- Schrot statt Schrott. Norderstedt (BoD) 2008.
- Vollwert? Gold wert! Norderstedt (BoD) 2008.
- Brötchen statt Brot. Norderstedt (BoD) 2007.
- Konfekt statt Sünde. Norderstedt (BoD) 2007.
- Rohkost statt Fasten. Norderstedt (BoD) 2007.

# Stichwortverzeichnis

Dies ist mein erstes Stichwortverzeichnis. Da ich keine Lust hatte, allzu lange damit herumzuprobieren, gibt es nun mal ein paar Ungereimtheiten oder Hässlichkeiten. Aber immer noch besser als kein Stichwortverzeichnis, oder?

Alpha Centauri    19, 21, 43f, 48, 52ff, 63ff, 79, 85, 93, 140, 142, 146, 148, 165

Amarus    27ff, 86ff, 111, 114ff, 128, 134

Amarusen    102f

amarusisch    26f, 86ff, 99, 102f, 109, 111ff, 127ff, 139, 148f

Archäologe
- Ölscher    99, 101ff

Archäologen
- Adriani-Celantano    48f
- Agurkel    69f, 72f, 149, 162f, 168f
- Alexander Földi 52f
- Alexandria    127
- Anecken    30ff, 69f, 75f, 87, 153f, 156, 158ff, 162, 168f
- Beriff Müffelmann Mamsell    70
- Buhstein    56, 58ff
- Gurke    52
- Moramix    52
- Schleimann    34, 36f, 39, 43
- Wendebrecht    164f
- Wetterkorn    103
- Wolf    86

Figuren (Nicht-Archäologen)
- Adalbert Kerkel 161
- Adele Klump    160
- Agnetha    31ff
- Alexander    74, 152f, 162f
- Alexandria    126
- Anarchi    158f
- Ariwald    47
- Attalus    39
- Baron de Safron 160

- Berzemli 127
- Caesar 7
- Christus 27, 72
- Cornfluss 127
- Diladisa 39
- Elena Cornetti 161
- Federiss 55, 57ff
- Gable 85ff, 90, 99, 103, 108, 111, 128, 146, 148
- Helge 18, 20, 61
- Illmann 28
- Janisa 40
- Johannes Löwe 86
- Josie Bäcker 160
- Jumannes 19, 21f, 47, 63
- Jummima 48ff, 54, 69, 76, 78f, 137
- Karl Huckepack 161
- Karl May 10, 75f
- Kringel 113
- Kunius 40
- Markus 18, 20f, 61
- Mittelbein 43
- Modolsky 127ff, 131ff
- Nadine 17ff, 56, 61, 63, 96
- Nora 78
- Otto Boot 161
- Ottwald Schmied 157
- Ritter-Schmetterbach 22, 24, 86
- Schiller 86
- Schraiman 154
- Siegfried 83ff, 91ff
- Trudi-Maria Frau 160
- Vittoria Andorra 160
- Wendebrecht 162, 164, 168f
- Wulfried Schmidt 55, 57

Forschungsgebiete
- AlphaCentaurologie 52, 85
- Anakalyptologie 30
- Archäolinguistik 104
- Axiologologie 30, 52, 56
- Bergologie 30, 70, 99f
- Byzantinistik 52

- Epitapianaskafesologie    30, 70
- Imerologia    30, 99
- Islamwissenschaften    70
- Minipelogie    30, 34, 76, 143, 153
- Sechtarismologie    48
- Singularletteraphobie    40

Iden    1, 3, 7f, 60, 89, 96, 117f, 137, 151f, 155, 169, 171
Jumannes    83
Jummimat    49f, 79f, 97, 121
Monate
- April    22, 75
- August    22, 34, 43, 52, 75, 132, 155
- Dezember    22, 75
- Februar    22, 35, 75
- Januar    22, 43, 75, 127, 155, 159
- Juli    14, 22, 29, 34, 40, 75, 87, 99, 103, 129f, 132, 159
- Jumi    1, 3, 7, 9, 11, 14ff, 19, 21f, 25f, 29f, 33, 35, 39, 45, 48f, 55f, 69, 74ff, 81ff, 85ff, 99, 103f, 108, 116ff, 126, 128f, 131ff, 137, 139f, 145, 151ff, 164, 169, 171
- Juni    14, 22, 28f, 38, 75, 99, 103, 127, 129f, 132
- Mai    22, 75
- März    7, 22, 75, 127
- November    9, 22, 75, 155, 159
- Oktober    22, 52, 75, 116
- September    22, 75

Möhnesee    70f
Orte
- Alexandritauri    48f
- Aril    37
- Benevia    27
- Bodensee    70f
- Braga    27
- Budatauri    52
- Dagaromi    162f, 167f
- Dubai    38
- Düsseldorf    44, 52
- Färöer    96
- Frankfurt    44f
- Freren    97
- Fundersee    33, 70, 73f
- Genua    28

- Hannover 127, 165
- Kairo 66, 100
- Knossos 126
- Köln 70, 133
- Lemnositauri 48
- Madrid 44
- Mallorca 44
- Minuturnaitauri 48
- Muckendorf 160
- Neapel 48
- Oslo 44
- Osttimor 35, 97
- Perth 28
- Princetauri 52f
- Radevormwald 69
- Samoa 126
- Schramberg 97
- Seoul 127
- Tampere 86
- Tegernsee 70, 72
- Veiitauri 48
- Walzhausen 95
- Washington 45
- Wunselhausen 31
- Wuppertal 101f, 104, 126, 133
- Wusselei 31, 33f, 52, 58, 70, 86, 100, 126, 163

Rom 48
Rosenstrauch 52, 55ff
Sphinx 33, 47, 66, 168
Suchenden 51, 82